西部环游三万里

XIBU HUANYOU SAN WAN LI

丁　锋◎著

安徽师范大学出版社

·芜湖·

图书在版编目(CIP)数据

西部环游三万里 / 丁锋著. — 芜湖：安徽师范大学出版社，2019.5
ISBN 978-7-5676-4008-5

Ⅰ.①西… Ⅱ.①丁… Ⅲ.①游记－作品集－中国－当代 Ⅳ.①I267.4

中国版本图书馆CIP数据核字(2019)第053338号

西部环游三万里

丁　锋◎著

责任编辑：李　玲

装帧设计：张　玲

出版发行：安徽师范大学出版社

　　　　　芜湖市九华南路189号安徽师范大学花津校区

网　　　址：http://www.ahnupress.com/

发 行 部：0553-3883578　5910327　5910310(传真)

印　　　刷：江苏凤凰数码印务有限公司

版　　　次：2019年5月第1版

印　　　次：2019年5月第1次印刷

规　　　格：700 mm × 1000 mm　　1/16

印　　　张：9.75

字　　　数：130千字

书　　　号：ISBN 978-7-5676-4008-5

定　　　价：39.00元

西 行

铁马扬情三万里，

追踪霞客浪天陲。

踏平坎坷安服老？

敢教芳华再复回。

引　言

把这本书自评为"一场普通人说走就走的自驾旅行，一段敞开心扉与自然的诚挚对话，一个由心动萌生行动的真实故事"，是想用亲身经历与读者朋友探讨三个问题。

一、有必要自驾旅行吗

现代旅游业已十分发达，旅行社通过商业运作，提供吃、住、行、游、购等一条龙服务，解决了人们想出门却又担心没有能力或精力搞定的问题。然而，跟随旅行社出游几次，人们就会感到虽省去了联系食、宿、行、游的麻烦，新的烦恼却又接踵而至：一是游览项目不能满足需求，想去观光游览的地方，因偏僻、报名人数少、景区住宿条件差、交通条件不成熟等，旅行社不组织去；二是时间上不能满足需求，没有假期时，旅游团队不少，可有了假期，或出团时间不能满足，或安排的游览项目不尽如人意；三是人员构成复杂，旅游过程中，时常有团员不守时间，大声喧哗，抢占座位，插队拥挤，挑剔食宿，令人心生不悦；四是有的旅行社服务不规范，压缩参观时间，安排购物，交通、住宿上达不到要求，接二连三的旅游团涌入景区，造成人满为患，处处排队，影响赏景心情；五是无法满足特殊需求，如照顾老人、孩子，途中休息、方

1

便，摄影爱好者要早出晚归拍摄旅途中的风光和人文景观等。

自己驾车出行，能够避免上述问题的发生。其优势我概括为六个"自"：计划自立，时间自主，缓急自定，丰俭自量，风险自控，成员自选。一句话，自己做旅行的主人，体验旅行过程的乐趣。

有人会问，自驾旅行虽然便捷潇洒，可如果路上车出故障或事故怎么办？找不到吃饭、住宿的地方怎么办？驾驶线路不熟悉怎么办？万一人生病了怎么办？……能提出这么多问题的人，其实已具备了自驾旅行的能力。有备无患，把能想到的问题都罗列出来，在网上、专业书刊里查找，或向身边有经验的人咨询，找出应对的办法，这就是行前功课。功课做得越详细，心里就越踏实，途中出了状况，也就越能得心应手地解决。至于交通事故这类意外情况，你认为是把关系安危的方向盘交给旅行社司机放心，还是掌握在自己手里放心？想明白了，就不应该让它们成为束缚自驾旅行的枷锁。如果你是一名新手，或对在高速公路上、崎岖的山道上、荒野土路上驾驶汽车没有信心，那你还是暂时放下自驾旅行的想法，先练好车技再说，毕竟旅行不是冒险。万事开头难，可以先尝试短期的两三天旅行，积累经验后，再考虑中远程的旅行。当然，"出门一里，不如屋里"，人在外，总不如待在家里方便，吃苦是少不了的，但每吃一份苦，快乐都会双倍返还。

还有人会说，我很想出去旅行，可是因工作需要走不开，因家庭责任离不开。作为社会的一员，每个人都被社会关系、家庭关系这张无形的网笼罩着，按照社会、家庭的分工，日复一日地扮演着自己的角色。如果我们反过来论证，地球离开谁都能正常运转，社会离开谁都会向前发展，家庭离开谁都将继续生活；你暂时的缺席，或许就是角色的替补、转换问题，对社会、对家庭而言未必都是坏事。总之，自驾旅行难，难在下决心，出门以后，就是一片任你驰骋的新天地。

二、与大自然的沟通对话有必要吗

人从自然中来，在自然中进化，自然给人类提供了广阔的生存发展空间。现代社会的人，大都局限在文明框架内生活，局限在单位、家庭、朋友圈等活动空间。面对法律法规、道德规范、风俗习惯等，你不得不压抑内心的欲望，伪装自己的苦恼，以乐观的一面展现在公众面前。当你面对神山圣水，面对浩瀚沙海，面对无垠草原，你会情不自禁地仰天长啸，身不由己地泪流满面，鬼使神差地跪下双膝，向自然顶礼膜拜。这一刻，你会觉得摆脱了伪装，砸烂了束缚思想的枷锁，在自然面前还原真实的自己，是多么幸福快乐。这一刻，你会找到平时苦思冥想都无解的人生答案。这是自然让你有了勇气，是自然让你有了灵感，是自然给予了你能够享受终身的精神财富。

当你面对经过四五千万年漫长的演化，青藏高原三次隆起、两次夷平而成就的今天的高原和海拔约8844米的珠穆朗玛峰，你会觉得人生百年，一切贵贱、贫富、福祸、恩仇，在珠穆朗玛峰面前都是那么渺小，那么微不足道。你还会觉得珍惜光阴，不为名利困扰，不为琐事悲喜，活好每一天，才是人生正道。

当你独自一人走在长约56公里、平均海拔5000米以上神山冈仁波齐崎岖的转山路上，"前不见古人，后不见来者"的苍凉孤独感让你思考。一路艰辛，来到西藏的阿里腹地，忍受高寒、缺氧、孤独，承受人、车不确定的风险，仅仅是为了观赏一路的风景吗？我的回答：是，又不是。说是，因为没有不寻常的风景，就不会有魂牵梦萦的动力，驱使你跋山涉水，不畏艰难地向前，再向前；说不是，因为一路走来，不仅在短暂的生命旅程中，留下了跋涉的脚印，更重要的是一路发生的故事，让你开阔了视野，触摸了灵魂，点亮了心灯，让你的人生变得更加有趣味。

三、现场赏景与在电视、电脑屏幕上观景一样吗

坐在家里沙发上，电脑联网，或打开电视机，旅游、地理类的节目铺天盖地，资讯详尽，图文并茂，甚至可以看到3D、4D高仿真的立体画面，还有必要跋山涉水，劳民伤财，去实地赏景吗？不少朋友有这样的疑问。这里提出两个假如，用以阐明我的观点。假如你不喜欢足球，给你世界杯决赛的贵宾门票，恐怕你也不会去。你会觉得太吵闹，二十多人满场疯狂地去争一个球，为什么不一人踢一个呢，那样就不用争抢了。如果你是一名球迷，你就会知道，现场观球与在家观球，两者不可同日而语。同理，假如你喜欢音乐，现场聆听一场高质量音乐会，与坐在家里通过电视转播观看音乐会，内心的满足、享受和共鸣，也是天壤之别。不喜欢足球，也不喜欢音乐的人，虽说没有看得见的直接损失，但你关闭了一扇扇通往快乐的大门，快乐也会关闭通往你的大门。

此乃一名与自然有缘、爱好自然的人，说的心里话。

著　者
于金陵玄武湖畔陋室
2018年10月18日

目　录

再次出发

到了白天做事不专心，晚上夜长梦短的时候，我知道又该出发了。到远方，到魂牵梦萦的地方放飞梦想。

打理完手头的工作，已临近国庆长假。行前拟订的旅程包括：赶在寒冬前，到达西藏阿里的塔尔钦小镇，完成神山冈仁波齐转山；在冰雪封路前，踏上去南疆塔什库尔干塔吉克自治县的征程，领略祖国最西边国门的冰雪；抢在秋风扫落叶前，抵达塔克拉玛干沙漠，欣赏即将谢幕的金色胡杨；还有与珠穆朗玛峰的初约、与青海湖的再会；等等。时间已很紧迫，对着手中一长串物质准备清单，核准，分门别类一一装箱完毕，我惶惶不安的心才平静下来。

这次自驾旅行，相对过去的几次旅行有些不同。一是行程长，从江苏出发，途经安徽、湖北、湖南、贵州、云南、西藏、新疆、青海、甘肃、宁夏、陕西、河南等十三个省、自治区。二是道路险，前两次进藏走的是川藏线、青藏线，这次路线设计为由滇藏线进藏，新藏线出藏至新疆叶城。这也是目前进出西藏最难走的两条线路，如能成功，将完成我走完进出西藏四条主要线路的心愿。三是气候变化大，不仅要经历春、夏、秋、冬，还将面对雨雪、冰雹、风沙、泥石流、酷暑等极端天气和高原缺氧环境考验。四是生活保障低，将长时间在海拔4000米以上高寒缺氧地区、阿里无人区、少数民族地区跋涉，物质匮乏，生活习性差异大，对人、对车辆都是很大的考验。能行吗？出发前我曾不止一次地扪心自问，把可能遭遇的困难与险境，在脑海里一幕幕地过。确定了两条基本准则：安全第一，不做无谓的冒险；万一发生不测，决不后悔。人这辈子经历些磨难，做点出格的事情，平淡的生活才不致乏味，百年人生才会有点故事。如果路上见到不想见的人，发生了不想碰到的事，也没有什么想不开的，趁着身体还行的时候经历了，命中注定该发生的总要发生。许多人可能还没有机会发生，随着时间的消逝，已经失去了发生的机会。

出师受挫

2017年10月1日，是中华人民共和国国庆节，东方刚吐出一丝白光，我启动车辆出发，与妻子一起告别仍在睡梦中的城市，穿过南京扬子江隧道，上高速往合肥方向驶去。

"莫道君行早，更有早行人。"本以为路上车少能跑得快些，不想十一黄金周首日，大家都想着趁早赶路，路上车流量大增。时不时地遭遇交通事故，又人为地加重了道路拥堵，耽误了许多时间。3号晚到达云南大理剑湖服务区，途中贵州、云南一带风光秀丽，但为将更多时间留给青藏高原，我没做半刻停留。3天共行车34小时，行程2510公里，比计划多行车4小时，却少跑了400多公里路。

次日，早饭后准备出发，一辆车身装饰醒目、挂着深圳车牌的丰田越野车在我身边停下。车门打开，走出一位30岁左右的壮汉，浅灰色户外品牌服装、古铜色皮肤告诉我，这是一头长年奔波户外的"老驴"。或许是我的车牌也引起了他的注意，没等我开口，他先问道："南京来的？我姓张。"交谈中张先生自豪地介绍道，他曾经驾车勇闯非洲撒哈拉大沙漠，穿越俄罗斯西伯利亚地区，前后六次进藏，两次进入可可西里无人区。当得知我和妻子两人开着汽车要走滇藏线、新藏线，只有一人能驾车时，他十分诡异，提醒我们千万不可冒进，感觉情况不对要立即回头，不要有侥幸心理。我知道他这是逆耳忠言，是为我们安全着想。

谢别张先生，我边驾车边思考下一步的行程。真的就闯不过去阿里？张先生提醒得对，旅行不是冒险，勇敢更不等同于无谓地葬送生命。

车进入丽江古城，从市区向北望去，高耸入云的雪山映入眼帘。这是我在滇藏线上看到的第一座雪山——玉龙雪山，主峰扇子陡海拔5596米，因其与周围十余座雪峰构成一条状似腾飞的巨龙而得名玉龙，据说这是北半球最靠近赤道、终年积雪的山峰。

沿途风光

过丽江古城，沿214国道北上，就驶入了滇藏公路，从丽江到拉萨全程约1780公里，其中芒康至拉萨段长约1205公里，与川藏线318国道重叠。一路上可观赏到雪山冰川、高山峡谷、草原花海、神山圣水，还能看到万里长江第一湾、雅鲁藏布江大峡谷等天下奇观。这条进藏路大体是沿茶马古道走向修建而成的，沿途一些城镇关口曾经就是茶马古道上的驿站，地名沿用至今，是一条历史、人文、自然交融的景观大道。

万里长江第一湾

丽江到香格里拉一路缓慢上升，全程约180公里。从云南的昆明经丽江至香格里拉，风光旖旎，气候宜人。2016年初夏我跟随旅行团队走过这段路，这次未做停留，马不停蹄地直达万里长江第一湾景区才停车驻足。站在观景台上眺望，发源于青藏高原的金沙江如脱缰野马，一路狂奔至脚下万丈峡谷，突然华丽转身180度，形成罕见的"U"字形大湾。当注意力集中在寻找合适位置拍照时，"砰"的一声，跟随我7年的相机，鬼使神差地脱手，重重地摔在地上。遮光罩滚落崖下，幸亏镜头前加了滤光镜，危难时刻，滤光镜以玉碎壮举，保全了身后的变焦镜头和机身。背运的是，这一摔只是拉开了今天一连串意外的序幕。

中午时分，出香格里拉不远，公路右边一片水草丰美的湿地，吸引了我的眼球。蓝天白云下，牛羊悠闲地觅食撒欢，几栋藏式民房点缀在绿油油的草坪上，袅袅升起的炊烟使这美丽的景色增添了藏家闲适生活的气息。公路上不便长时间停车，我准备用手机抓拍几张就走人。可一摸口袋，发现儿子今年春节才送给我的礼物——苹果手机没有了，急忙用妻子小刘的手机打电话查找，传来"您拨打的电话已关机"的提示语音。20分钟前，进加油站加油时，我还查看过手机上的天气信息，现在关机，再清楚不过地表明手机已易主，新主人没有丝毫归还或商量的余地。离开手机的窘况可想而知，出门在外只要人平平安安就好，我极力安慰自己，防止糟糕的情绪蔓延，造成更为严重的意外。

风景如画的盘山公路

"屋漏偏逢连夜雨，船迟又遇打头风。"更严厉的考验，也是这次出行我最放心不下的危机，在背运的今天还是发生了。香格里拉海拔3280米，过香格里拉后，下一个集镇是旅游重镇，茶马古道的咽喉之地——奔子栏镇，海拔只有2050米。汽车在险峻的盘山公路上百转千回，一路下坡至奔子栏，再急剧爬升，上到海拔4292米的白马雪山垭口，这是我们在滇藏线上翻越的第一座海拔4000米以上的垭口。

靠路边停车观景，顺着当地人指引的方向望去，海拔5430米的白马雪山云雾缭绕，让人不辨峰顶真容。通车还不到一年的白马雪山一号隧道，将翻越白马雪山的时间缩短了一个半小时。进入隧道，车子在毫无征兆的情况下，突然"嘟、嘟、嘟"地发出报警声，汽车中控显示屏提示，发动机冷却水水位低。驶出隧道靠边检查，没有发现漏水痕迹，更没有发现因水温高而开锅溢水迹象，只是水箱中的水位明显下降。一时半会儿找不出问题所在，将就着加了两瓶矿泉水继续上路。十几分钟后，车子再次报警，显示水位低，我们再次停车冷却、补水上路，反复折腾了三次，一路提心吊胆地开车到德钦县。莫名其妙的是，汽修厂也没有检查出问题。难道汽车出现了高原反应？人还没有出现高原反应呢，真是车比人娇气。汽车经高原这么一考验，暴露出质量明显存在缺陷，我将情况反馈给在南京购车的雨田4S店，他们也没能解释故障原因，给出有价值的应对办法。见时间尚早，我驾着有故障隐患的车，向下一站盐井奔去。

未识梅里雪山真面目

出德钦县后，路况明显变差，多弯的盘山公路上常有山石坠落，需要小心驾车绕开，以防扎胎。路外侧临崖一面，没有修建安全桩或防护墙，在这种路上开车，好比走在没有护栏的高桥上，考验的不仅是驾驶技术，更是驾车人的胆量和心理素质。

临近飞来寺，天空下起了小雨。飞来寺的名望，不在于它是一座有400多年历史的古寺，也不在于它是一座集儒、释、道三教合一的独特寺院，而在于古寺对面有大名鼎鼎的梅里雪山。近年来寺院周围大兴土木，宾馆、饭店、商铺林立，已成为国内知名的旅游度假胜地。街上行人十之八九为外地游客，游人一般是下午赶到，安排好住宿，次日早起，观赏日照金山美景。呈金字塔状的梅里雪山主峰——卡瓦博格海拔6740米，附近13座6000米以上的高山环绕四周，众星捧月般将梅里雪山映衬得更加雄伟壮丽。梅里雪山之所以令无数人向往，原因之一是她的真面目极难见到，大多时候一天中只在太阳刚刚升起，一抹阳光照在雪山峰顶时，才能见到她的真容。每年冬、春两季为观赏梅里雪山的最佳季节，此时天寒地冻，游客稀少。而游客较多的夏秋时节，这儿阴雨连绵，人们极难透过厚厚的云层看到雪山峰顶，所以给人一种梅里雪山难见真容的感觉，越是看不到，越是不死心，回家后过段时间还想再来看。

　　站在一家宾馆观景台上，烟雨笼罩下的梅里雪山近在眼前，却不能相见。遇到上海来的小夫妻，俩人在此等待了两天，也没能如愿，把最后的希望寄托在次日早晨，若还看不到，他们只能遗憾地回家上班，我安慰俩人明天会有好运。其实我心里在嘀咕，这样的天气状况，恐怕再有两天也未必能晴好。从飞来寺出来，沿梅里雪山下到澜沧江峡谷继续西行。在陡峻的山路上透过蒙蒙细雨，可见峡谷对面梅里雪山山腰间挂着三四条冰川，如果天气晴好，应该非常壮观。

　　不久，进入西藏地界，到达西藏的第一个小镇盐井。汽车似乎适应了高原环境，一路正常地行进。

烟雨蒙蒙中的梅里雪山

美味加加面

　　自从2006年开始尝试独驾，我便深深爱上了这种便捷的出行方式。计划自立，行动自主，缓急自定，丰俭自量，风险自控，成员自选，给偏好不走寻常路又爱好在旅行中拍些照片的我，带来了极大方便，成为生活中不可或缺的乐趣。总结十几年自驾出行心得和旅行习惯，主要有三点：（一）单车出行不结队，免得路上等人等车心烦；（二）非至密亲友不邀请，免得惹是生非；（三）节省出行成本，用最少的钱谋取更多的快乐。可没想到，这些习惯在盐井镇被颠覆。

　　西藏芒康县盐井镇，位于滇藏线214国道旁。"盐井"藏语为"察卡洛"，意思是产盐的地方。盐井产盐的历史可上溯至唐代，距今已有1300多年，这里是世界上唯一完整保存原始手工晒盐工艺法的地方。古镇不远处的澜沧江两岸，藏民们从简易梯子下到七八米深处，用木桶将卤水背上来，倒在盐田里，经日晒蒸发去掉水分，获得粗盐。

　　盐井还有一道享誉中国的美食——加加面。走进镇上最大的一家名为"盐井正宗加加面"的面馆，卓玛姐妹俩既是老板也是服务员。藏式风格装饰的百余平方米大厅富丽堂皇。红黄暖色调为主的室内装饰，绘有传奇佛教故事的精美壁画，沿四面墙壁摆放整齐的藏式桌椅，给人以藏家别具一格的感觉。最能彰显小店名气的，是在大幅面馆招牌下，注明了该面馆是中央电视台《远方的家》《消费主张》《舌尖上的中国》拍摄之家，还有各地户外俱乐部赠送的签名队旗。展橱中"本店最高纪录147碗"的标牌，让来这里的食客跃跃欲试，因为如果打破纪录不仅可免去此次餐费，今后也可以随时来随时吃，不用付一分钱餐费。

147碗纪录，试试能吃多少碗

安坐下来，好奇地看着卓玛做面的过程：将面粉兑水揉成团，经擀、叠、切工序，加工成约0.2厘米粗、30多厘米长的面条；再将猪肉末辅以六七种香料，在油锅中爆炒，制成卤料；要提前一天熬制骨头汤，面下入骨头汤里。桌上摆放着小菜、调味品：泡椒、腌白菜、酸萝卜、酱油、醋、辣酱，以及装满了计数石子的精致小竹篮。

加加面的味道主要在卤料上。面用小碗盛出，浇上卤料搅拌，一口就是一碗，每吃完一碗，就从竹篮里取出一枚石子放在桌子上。最终我的战绩为30枚石子，妻子小刘面前有15枚石子，离纪录相去甚远，免费餐可不是那么容易吃的。

筷子摆成十字形，表示吃饱了

享受了加加面的口福，该轮到饱眼福了。在卓玛的指点下，我们从小路穿过村庄，绕开盐井景区大门，成功进入景区。从这里到澜沧江边的盐田，有两公里多路程。雪山巍峨，天空一碧如洗，四野青翠，沿途可见三五一群的藏族妇女在田里忙着收获玉米，见有人给她们拍照，她们热情地挥手致意。爬上山坡，登高鸟瞰，连日大雨，朱红色的澜沧江水奔腾不息，江两岸好几百米狭长地带，大大小小几千块盐田，从江边一直排列，差不多要到山腰，在阳光照耀下，闪烁着层层朱红色光彩，与高山峡谷构成了壮美、奇特的景观，堪称自然风光与人文遗产完美的结合。这是我进藏后游览的首个项目，令人大开眼界。

加入新成员

　　"嘀、嘀、嘀"，返回小镇的路上，一辆浙C温州牌照的越野车在我身边停下，副驾驶位上的男子把手伸出窗外，招呼我上车回镇。这里到镇上虽说有点路程，但沿途风光迷人，空气新鲜，走在山间小路上，让人心里很舒坦，我便摆手谢绝了温州人的好意。或许拒绝出乎他们的意料，三人同时下车，再次盛情邀请。我不是明星，更不是美女，他们为何这般热情？迟疑间，一人道出了真情，他们希望能搭我们的车去拉萨。这儿往前去不多远是西藏的芒康县城，到那里三人将分道扬镳，两人想西行去拉萨，一人要驾车返回温州参加重要会议。看来，三位有心人昨晚就注意到了我们，见我们是从云南方向自驾过来的，判断我们可能是去拉萨旅行，车里只有两个人，正好有空位再搭载两个人。我不喜欢半道上与陌生人深交，既是性格使然，也是出于安全上的考虑。我向他们解释：我的汽车经过了简单改造，后排座位被放下，形成了能供两人休息的空间，旅行过程中住宿不便时，车就是流动的床铺。三人也明事理，就此道别分手。

　　离开盐井，车继续在高山峡谷间盘旋，时而升至山间垭口，与云彩比肩；时而下探谷底，同溪流并行。我心里惦记着早晨遇到的三个人，不知道他们到芒康县城会陷入怎样的困境。芒康到拉萨还有上千公里，没有直达的客运班车，在西藏地广人稀的小县城找到合适的包车，也不是件容易的事，恻隐之心涌上来，遂与妻子商量后决定，如果有缘再遇见温州的那几人，就把他们带到拉萨。

从云南那边见梅里雪山不易，不曾想从西藏这边看梅里雪山竟如此容易。这一带平均海拔已经攀升至3000米以上，汽车有很长一段时间围绕着梅里雪山行驶。梅里雪山主峰连同周边十余座雪峰全都一览无遗，在阳光照耀下泛着银色光芒，令人叹为观止。

梅里雪山全景

前方垭口停了几辆车，这是观赏梅里雪山比较理想的位置，我们也停车赏景。真是有缘，温州的三人在这里又与我们不期而遇，得知我们愿意将车恢复原状，带上两人一同去拉萨，就像天上掉下一块馅饼，让他们喜出望外。

芒康县城是藏东交通枢纽，为茶马古道进入西藏的第一站，川藏线、滇藏线在此交会，商贸繁荣，过往车辆川流不息。进出城的路口开设了许多汽车修理厂，今天路上车子没有再犯毛病，后面征程遥远，路况险恶，花点时间对车辆进行"体检"，无疑是上策。"没有什么问题。"经过半小时检测，修车师傅很有把握地说。

午饭后，我们把车后座拉起，恢复原状，带上温州的两位客人，朝拉萨方向驶去。新增加的两人你一句我一句地打开了话匣子，顾不得"生人面前不揭短"的常理，道出他们与驾车人梁先生在芒康分手的真实原因。三人为小学同学，成人后在生意场上几经磨砺沉浮，至今都干出了自己的一番事业，平时交往甚密，称得上是朋友圈里的铁哥们儿。梁先生爱好旅游和摄影，生意不忙时大江南北跑了不少地方，这次主动邀请汪先生、程先生同游拉萨。不知何故，梁先生半途改变主意，舍拉萨而东行，执意要去四川的米亚罗拍摄秋意正浓的自然风光，两人如同意就继续同行，不同意就在芒康下车，自行解决后面的行程。汪、程二人都是生意场上好面子的人，亲朋好友都知道他们此次出门要到拉萨游览风光，就这么说不去就不去了，不仅拉萨风景没见着，回家也无法向亲友交代，旅游事小，丢了面子事大。为了旅游，三十多年的同学情谊，到此终结。

天路崎岖

汽车继续在青藏高原的崇山峻岭中艰难前进，过了竹卡镇不久，开始翻越海拔4338米的拉乌山垭口。越过这个垭口，更为险峻的觉巴山垭口就在前面。觉巴山垭口海拔虽不及4000米，但由于澜沧江千百年来水流不断下切，塑就两岸壁立千仞，给人以山高谷深的感觉，是横断山脉中著名的险道。途中不时可见路边竖立的交通警示牌，提醒司机注意落石、塌方、泥石流。路窄，弯急，加上坡陡，30公里的盘山道要爬升2000米以上，开车不敢有丝毫懈怠。

翻过觉巴山垭口不久，紧接着继续翻越海拔5008米的东达山垭口，这是进藏后翻越的第一座海拔5000米以上的垭口。登上垭口，视野豁然开朗，山脚下的澜沧江奔流不息，群山重峦叠嶂，西南一带的雪山高耸入云，一直绵延至天边，顶天立地的气势摄人心魄。垭口上大风吹得人透不过气来，天空不知何时飘过一片乌云，瞬间蚕豆般大小的冰雹砸向人们，游客纷纷仓促驾车逃离。

澜沧江上的吊桥

下午五点半抵达左贡县城，到天黑还有段时间，我们继续赶往105公里外的邦达镇。预计两个半小时的车程，实际跑了三个小时，最后十几公里摸黑行驶。总结自驾西藏的经验，不同的人可能会有不同的体会，但有一点是大家公认的：不要开夜车。西藏东部地区与内地有近两个小时的时差，但只要太阳落山，天立马黑下来。常在西藏跑长途的司机，每到下午四点，就盘算起晚上的落脚点，如果没有合适的地方，宁可就地找住处，也不贸然前进，避免开夜车。

邦达海拔4120米。为减缓高原反应，进藏初期不宜抢时间赶路，以慢慢适应高原山区道路特点，同时使人体能够逐渐适应高原缺氧的环境，减轻高原反应症状。邦达海拔偏高，下一站是八宿，虽说海拔为3300米，但距离邦达有约97公里的崎岖山路，中间要翻越海拔4658米的业拉山垭口，还要经过川藏线上最危险的路段——怒江72拐,继续开夜车绝无可能,迫不得已,我选择在邦达过夜。

川藏线风景

　　半夜被便意憋醒,睁眼看看手机,2点10分,下床感到头一阵眩晕,出现高原反应了?脑海中闪出不祥疑问,躺在床上迷迷糊糊又睡着了。清晨起来,四人都出现了头痛、四肢无力、食欲不振等程度不一的高原反应症状,室外温度降到零摄氏度以下,寒风穿透厚厚的冲锋衣直刺筋骨,车前挡风玻璃上结了一层白霜。

　　一早上路,就开始爬坡,翻越业拉山垭口。垭口观景台前,一座雄伟的大山横亘在面前,封死了向西的道路。当年进藏部队官兵硬是用大锤、钢钎和炸药,从山口至怒江峡谷,在垂直高度达千米的陡峭岩石上,开出一条仅180度急弯就有50多个的通天险路,创造了被后人称为怒江72拐的人间奇迹,堪称中国最危险的盘山公路之一。目睹这一壮举,不仅让人对道路艰险感到震撼,更让人为当年进藏部队官兵开天辟地、勇往直前的英雄气概折服。现在青藏铁路已经通车，进藏物资有了快捷安全的通道，但是这条公路仍在继续发挥经济、文化、国防等方面的作用。沿路不时可见十几辆、几十辆军车运输队，不论是私家车、客运车还是货运车都自觉地停车让行，以此表达对人民子弟兵的崇高敬意。

险象环生的怒江72拐

从海拔4600多米的业拉山垭口，下到海拔2700米的怒江大桥，沿怒江峡谷盘曲行进不久，汽车再次上行，翻越海拔4468米的安久拉山口。这是一座在地理上具有重要地位的大山，是怒江与雅鲁藏布江两大水系的分水岭，翻越这座山，就进入雅鲁藏布江流域。下午1点，公路边出现一条河流，然乌湖到了。

藏东明珠林芝

　　然乌湖为西藏东部最大的湖泊，也是雅鲁藏布江支流帕隆藏布江的主要源头。在高山环抱中，海拔3800多米的然乌湖显得静谧而神秘。湛蓝的天空、洁白的云朵、巍峨的雪山、苍翠的森林，倒映在水面上。因连日大雨，湖水有些浑浊。据当地人介绍，待晴日湖水清透时，明镜般的湖面上，倒映着四周的景物，更加好看。独特的高原风光吸引了无数游人观光，我们选择在湖西边一家餐馆，边品尝湖中冷水鱼的美味，边欣赏世外桃源般的藏区风情，好不惬意。

　　告别然乌湖，下一站是波密，波密享有东方瑞士之美誉。近年来，受利益驱使，各地号称天下第一的名山、名水、名镇、名寺、名桥、美食等，数不胜数，冠以东方瑞士之名的美景，也是遍布大江南北。但是，见过波密景色的人一定会说，这里风景绝美，天下无双。被媒体和旅游界热炒的林芝桃花沟就在波密，每到桃花盛开时节，海内外游客不惜一掷千金，"打飞的"过来观赏美景。波密还有一处宝贵的旅游资源，这就是冰川。波密冰川不是一条，而是百余条，著名的就有卡钦冰川、则普冰川、若谷冰川、古乡冰川、米堆冰川、白玉冰川、朱西冰川、贡普冰川等。桃花沟不在观赏桃花的季节，冰川岂容错过，我们选择了离川藏公路较近的米堆冰川参观。

下了318国道左转，进入景区大门，购票后汽车在景区内山道上行驶五六公里，转过一个大弯，一片开阔的谷地展现在眼前。谷地尽头巨大的米堆冰川顶天立地。"哇，太壮观了！"大家异口同声地惊叫道，草地、牛羊、藏寨、森林、冰湖、冰山、蓝天，共同绘制出一幅具有西藏风情的美丽山水图。

银光闪耀的米堆冰川

波密县城海拔2700米，是川藏线上海拔最低、人感觉最舒服的县城。过往游人大都选择在此落脚，睡个好觉，养精蓄锐，为接下来的行程做准备。我们因前期延误了些时间，故商定继续上路，到另一处人间天堂过夜。

通往天堂的路充满崎岖和危险，排龙乡一段14公里被称为通麦天险（也称排龙天险、通麦坟场）的盘山险路，极易发生交通事故，川藏线上车毁人亡的事故，四分之一就发生在这段路上。

这里有亚洲第二大泥石流群，"进藏难，难于上青天"就是指这一段危路，一边是深不可测的帕隆藏布江，一边是陡峭的高山。经过筑路大军几代人的努力，除最长的一段隧道"通麦隧道"预计2018年9月通车外，其他几条隧道相继通车。天险底部横跨在易贡藏布江上200多米长的通麦大桥，见证着天堑变通途的历史时刻。

鲁朗，曾经只是一个十来家店在路边经营石锅鸡的地方，因这一带高山林立，在峡谷中形成的高山草甸两侧生长了茂密的云杉、松树，被世人称为"鲁朗林海"。随着广东对口援藏项目"鲁朗国际旅游小镇项目"的建成，鲁朗正逐渐走入人们的视线。我们在小镇创客酒店住下。这是一家具有浓郁藏族建筑风格的四星级酒店，酒店由五栋别墅组成，刚开业不久，我们是第一批入住的客人。标准间每晚380元，这是我们此次旅行中最奢华的一晚，汪先生主动要求买单。明天就要到拉萨了，他是以这种方式回报我们无偿的援手。

离酒店不远处，一家石锅鸡店食客盈门，入座后见店家上菜还有些时间，我来到后厨了解石锅鸡的做法。厨师介绍说，石锅鸡的美味有别于其他手法烹制的鸡，离不开两样法宝：石锅和秘制调料。石锅源自一种名为"皂石"的云母石，富含镁、铁、锌等十几种微量元素。这种石头产于西藏墨脱的深山里，要靠背夫从墨脱深山里把石材背出来后，当地门巴族人用整块石头，花费一周左右的时间才能手工凿出石锅来，稍有不慎，石头就会碎裂。石锅价格自然昂贵，一般都在千元以上，大些的优质石锅要上万元。为招揽食客，这家店的门厅处就摆了一口直径七八十厘米的大石锅。调料主要选自当地野生的手掌参、天麻、贝母，辅以枸杞、百合、红枣、松茸、香葱、花椒、生姜等，经文火慢慢炖制。一会儿，热气腾腾的石锅鸡摆上餐桌，香味扑鼻，夹一块入口，鸡味中含有淡淡的药材清香，滑嫩爽口。特别是汤，一勺下肚，齿留余鲜，果真名副其实。

鲁朗石锅鸡

鲁朗，藏语的意思是"神仙居住的地方"，地处色季拉国家森林公园内。清晨，我们在这"神仙居住的地方"散步，远处的南迦巴瓦峰白雪皑皑，四周森林葱翠欲滴，挂着经幡的藏寨炊烟袅袅，精心修剪的草坪、花坛环绕房前院后，牛羊旁若无人地漫步在街上，整个小镇充满了恬静祥和的气氛。鲁朗旅游资讯介绍，出小镇，进入长达十几公里的高山峡谷，将是另一番美景：绿茵茵的高山草甸上，野花绽放，牛羊撒欢，清溪蜿蜒，藏房星罗棋布；峡谷两侧，高大的松林挺拔苍翠，林下野鸡出没，松茸生长；高耸入云的山峰，四季白雪皑皑，护佑着这片神奇的土地。因行程安排很紧，我们没能走进峡谷，领略有着独特西藏江南风情的秀丽景色。

小镇上悠闲的牦牛

　　离开鲁朗，从海拔3300米一路上行至海拔4700多米的色季拉山口，这个山口是川藏线上观赏南迦巴瓦峰的最佳位置。南迦巴瓦峰地处喜马拉雅山脉、念青唐古拉山脉、横断山脉交会处，海拔7782米。长达2400多公里的喜马拉雅山脉，西起青藏高原西北部的南迦帕尔巴特峰，东至雅鲁藏布江急转弯处的南迦巴瓦峰。论绝对高度，珠穆朗玛峰举世无双，如果要度量能反映大山真正高度的相对高度，则南迦巴瓦峰从海拔约900米的雅鲁藏布江大峡谷至峰顶，相对高度约6900米，远高于珠穆朗玛峰约3600米的相对高度（约8844米减去珠穆朗玛峰大本营高度5200米）。南迦巴瓦峰巨大的山峰，似一把寒气逼人的宝剑，直刺苍穹。因雅鲁藏布江水汽蒸腾，南迦巴瓦峰峰顶常常云雾缭绕，难得一见真面目，故又被称为"羞女峰"。

在鲁朗镇，我们从低处有幸目睹了"羞女峰"的美丽面目，清晨初升的太阳照耀在雪峰顶上的那一刻，冰莹剔透的银色冰山折射出耀眼光芒，令人终生难忘。鲁朗至色季拉山口，一路上多处都能够望见南迦巴瓦峰巨大的身躯，越往上行，云层越厚，到了山口最佳观赏点，却几乎看不见山影了。

清晨从鲁朗镇仰望南迦巴瓦峰

迷人的风景淡化了我对车况的观察，刚过垭口，汽车亮起了缺油的红色警示灯。在西藏行车，特别是进入阿里地区后，没有油是司机的一大忌，翻山越岭汽油消耗大，沿途加油站少，还往往无人或无油可加。此时明知继续行驶对汽油泵损害很大，甚至会烧毁汽油泵，但也只能继续前进，期盼早点遇到加油站。因缺油，每隔三四分钟汽车就报警一次，"嘟、嘟、嘟"的声音传入耳朵，使人紧张得心都要提到嗓子眼了，没有了赏景的愉悦心情。直至抵达50公里外的林芝首府八一镇，才加上油，真是教训深刻。

你好拉萨

继续上路，不知何时路边伴随着一条小河，她有一个好听的名字——尼洋河。河水如绿色丝带般穿流于青藏高原的大山间，我们的车时而与其并行，时而穿河而过，时而短暂分手，拐过几个弯又如久别的恋人，再次拥抱，牵手同行。

经过一段艰难的爬坡，汽车登上了川藏线上最高，也是进入拉萨的最后一个高山垭口——海拔5013米的米拉山垭口。山口上竖立着巨大的"雪域之舟"牦牛铜塑像，公路两侧五颜六色的经幡，被大风吹得呼呼作响，寒风、低温、缺氧，游人至此拍照留影又匆匆离去。正疑惑资料上介绍这个垭口一年四季都有飞雪，怎么不见雪花影子时，天气这个调皮的孩子，让你心生遗憾，又以变戏法的方式给你带来意外惊喜。上车不久，天空洋洋洒洒飘下了入藏以来的首场大雪，气温骤降至零下2摄氏度。

山腰间，一条隧道正在紧张施工，预计2018年10月通车，这将是世界上海拔最高的公路隧道。通车后，林芝到拉萨行车时间将由原来的8小时，缩短至4小时。这也将是继二郎山隧道、高尔寺隧道、剪子弯隧道及将于2018年9月通车的通麦隧道之后，川藏线上打通的又一个高山隧道。

米拉山垭口上的"雪域之舟"牦牛铜塑像

这些隧道的建成，必将有力地促进沿线地方经济发展，改善沿线藏族同胞出行条件，降低游客驾车风险。但是，同时一处又一处只能站在高山垭口才能观赏到的风景，将永远消失在人们的视线中。2001 年通车的二郎山隧道就是先例。隧道通车后，原来的盘山公路没有人再去维护，仅仅过去两年，越野车就无法通行，现在连摩托车、自行车也上不去了。

过垭口不久，遇到进藏后第 9 个安检站。检查人员对过往车辆、乘员逐一检查，行驶证、驾驶证、身份证缺一不可。排队等候 45 分钟才通过这个安检站。之后，汽车驶上林芝至拉萨的高速公路，这是西藏第一条城际高速公路，2017 年 9 月 30 日部分路段刚刚通车，我们正好赶上。车辆不多，事故不少，有的人还不太适应在高速公路上开车。

排队等待安检的车辆

随着车轮的滚动，拉萨越来越近，多年不见，你还好吗？美丽的拉萨河，雄伟的布达拉宫，整日热闹的八廓街，精致的罗布林卡，遍布各大寺里礼佛的善男信女，还有美味可口的酥油茶，这一切都使我记忆犹新，仿佛昨天才游览经历过。拉萨，我又来看你了。

车直达布达拉宫广场，与汪先生、程先生握手话别。朝夕相处了三天，我们已经成为朋友，有他俩的加入，大家轮流开车，我也得到了休息，谢谢二位兄弟，祝你们在拉萨玩得开心。

现在要办的第一件事，不是安排怎么游玩，也不是联系住处，而是要把车送到汽车4S店，做一次全面的检查保养。到达拉萨，只是我西部环游计划的第一阶段，后面的征程还很遥远，车辆保障是完成全程计划的重中之重，我不敢有丝毫懈怠。在他们下班前赶到位于金珠西路151号的汽车4S店，店里一个帅气的藏族小伙子白玛经理热情地接待了我们。知道我们远道而来，还要继续西行，他立即安排人员加班检修。维修工是四川人小杨，身材瘦高，走路一只脚不太方便，两手却非常利索，技术娴熟，检查得很仔细。"好了，车子没有问题，只做了些常规保养。" 40多分钟后小杨这样对我们说。我原来想考考小杨的修车技术，有意隐瞒了路上发动机水箱的异常情况，现在他和芒康修车的师傅都说车况正常，我就实话道出了路上出现的毛病。小杨听后不假思索地找了一块塑料薄膜，拧在盖口与水箱口之间，再次有把握地说："好了。"这是高原上行车的绝技？当时请教他，没有听出所以然来，现在仍然没有弄明白其中的道理。不过经小杨师傅这么小改造一下，后面行程中发动机水箱再没有"开锅"过。

游览圣城

　　拉萨是一座具有鲜明特色的旅游城市，10月份已经过了旅游旺季，许多宾馆、旅社纷纷打出降价牌吸引游客。开车转了几条街，我们在布达拉宫北面，林廓北路13号的圣缘宾馆住下。选择这家宾馆入住，是因为它不光店名吉祥，与圣城有缘，而且价格也比较实惠，180元一天的标准间，100元拿下，最令我满意的是，宾馆门前临街的停车位。在拉萨，除豪华宾馆外，绝大部分中低档次的宾馆不设停车场，要停车需自己在周边找公共停车场，这对长途自驾携带物品较多的人来说，十分不便。

　　拉萨宾馆还有个有趣的特点：如果没有电梯，同样配置标准的房间，楼层越高越便宜。试想，在海拔3650米的高原地带，每爬一层都要比在平原地区付出几倍的力气，还会增加出现高原反应的概率，没有优惠，谁愿意爬楼。我和妻子自从在邦达海拔4120米的地方过夜，出现了轻微高原反应症状后，这一路走来，已经基本适应了青藏高原缺氧的环境。

　　晚饭后，溜达20分钟到达布达拉宫广场。在这个世界上海拔最高的城市广场前，霓虹灯将夜幕下的布达拉宫装扮得金碧辉煌，广场南边的西藏和平解放纪念碑高耸入云，与广场北边的布达拉宫遥相呼应。广场周边街道上车水马龙，游人如织，富有现代风格的高楼鳞次栉比，繁荣景象不输内地城市。

布达拉宫全景

不同视角下的布达拉宫(一)

不同视角下的布达拉宫（二）

第二天，我去看西藏三大圣湖之一的纳木错，小刘游览市内的布达拉宫、大昭寺等景点。中巴车载着 17 名游客，沿着青藏公路 109 国道一路向北驶去。导游小姐或许是经常带团讲话多的原因，操着三分沙哑的川腔普通话，竭力向大家推荐氧气罐和防晒霜，煞有介事地说着前两天带的一个团，一位山东来的小伙子，没有听建议吸氧，结果人没到圣湖边，就出现了严重的高原反应，一路痛苦不堪，没有力气下车，到了湖边没看到湖水，又遗憾地回到拉萨，真是花钱买罪受。我清楚，一旦真的出现了高原反应，就氧气罐里那点氧气解决不了大问题。心理恐惧，事先吸点氧，更多的只是心理安慰罢了，还会产生吸氧依赖症。

2015 年登四姑娘山时，向导劝我在他家开的小店买了两罐氧气，以备需要时使用。那次上午进山后，当晚在海拔 4100 米左右的地方扎营过夜，次日凌晨四点起床，简餐后，摸黑向海拔5355米的大峰发起冲击。赶在日出前到达峰顶，欣赏日照金山，一览众山小的绝景。在山顶上碰到汶川县映秀中学登山队有人身体不适，我让向导把氧气罐送给人家。向导说，见我早晨精神不错，就没带氧气罐上山。看我面有不悦，他道出了真话："预防高原反应，必须要提前吸氧，作用只能缓解一时，还会造成很大的依赖性。"预防高原反应，我的经验是提前几天口服红景天、高原安之类的药物，保持豁达乐观的情绪，树立坚定的自信心，沿途的风景民情就是很有用的抗高原反应良剂。过度思虑，或稍有不适就紧张，反而会增加脑组织的耗氧量，加剧身体不适。

中巴车在一个小店停下，导游忽悠的效果不错，全车游客除我外，老老少少每人花48元买了一罐氧气，导游开心得嘴都合不拢。汽车在当雄县城一个"T"字形的路口左转，驶入通往纳木错的山路。刚爬上海拔5190米的那根拉山口，"看，前面是纳木错。"未等车停稳，游客中不知谁兴奋地喊道。是的，站在这个山口，十几公里外的圣湖，影影绰绰出现在前方羌塘大草原上。

纳木错，中国第二大咸水湖，湖面海拔4718米。湖的形状近似长方形，东西长70多公里，南北宽30多公里，面积1920多平方公里，为世界上海拔最高的大型咸水湖。"纳木错"是藏语"天湖"的意思，相传为密宗本尊胜乐金刚的道场，千百年来流传着纳木错与念青唐古拉山相亲相爱的故事。湖的东南为终年积雪的念青唐古拉山，白雪皑皑的山峰如一名威武的战士守护着圣湖纳木错，北侧依偎着和缓连绵的高原丘陵，广阔的草原绕湖四周，天湖似一面巨大的宝镜，镶嵌在藏北的草原上。

纳木错不仅在藏传佛教中有着崇高的地位，享有圣湖美名，受到藏族人民的崇拜与敬仰，她不加修饰的自然美貌，也让来此观光的客人倾心，大饱眼福。站在海拔4718米的湖边，仿佛置身于一个蓝色世界，蓝色的天空下，因湖水深浅、反光角度不同，水面由近及远呈现出淡蓝、蔚蓝、宝蓝，直至近黑色的墨蓝。在朵朵白云、念青唐古拉山雪峰和五彩经幡的映衬下，蓝得那么纯真、那么圣洁、那么摄人心魄。面对如此大、如此美的圣湖，任何赞美的语言都显得苍白无力。

纳木错风光

妻子参观布达拉宫和大昭寺等佛门圣地，也是收获满满。悠久的西藏历史、神秘的藏传佛教文化、雄伟复杂的藏式建筑、让人眼花缭乱的无价瑰宝、虔诚朴实的喇嘛和信教徒、空气中弥漫的酥油茶独特的膻腥茶香味，还有灼热灿烂的阳光，这些都会给来到这里的人们留下终生难忘的印象。

到拉萨的一个重要任务是买手机。我早早地来到离宾馆不远处的中国电信拉萨城东营业部，提供购机服务的是漂亮大方的藏族姑娘卓玛。又是一个卓玛，原来卓玛的意思是"度母"，是一位美丽的女神，所以藏族女性都喜欢起这个吉祥的芳名。选机、付款、开卡、下载常用程序、教会我使用基本功能，40分钟搞定，我对卓玛热情而专业的服务非常满意。出门前，卓玛让我加她微信好友，有手机方面的问题方便她随时提供服务。

位于拉萨西郊根培乌孜山南坡上的哲蚌寺，是著名的藏传佛教六大寺之一，下车穿过百余米的步行商业街，经过乃琼寺，一路爬山30分钟即到。参观时，正遇到喇嘛们用白色或朱红色涂料粉刷寺院外墙，闪闪发光的大殿金顶、面目一新的寺院墙壁，在阳光照耀下愈发庄严肃穆。不时传来喇嘛的诵经声，使人深深感受到佛门净地的神圣。

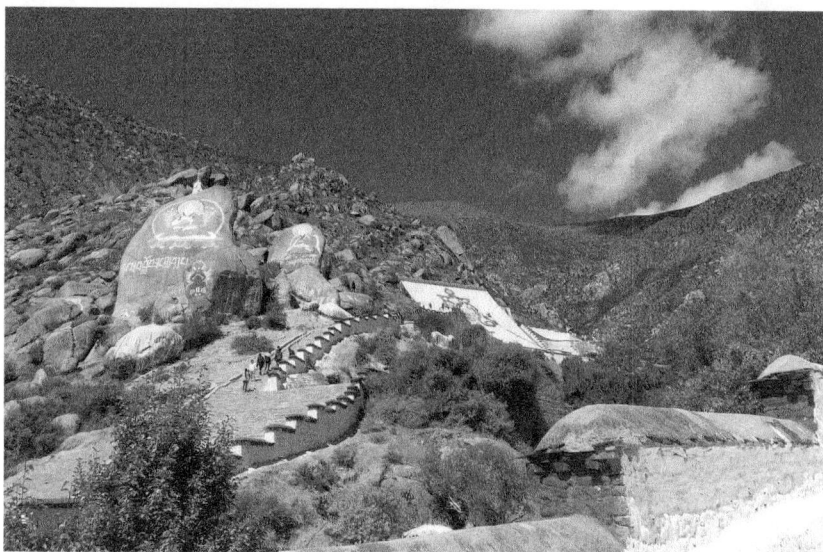

台阶尽头为哲蚌寺展佛台，雪顿节时将展示巨幅唐卡

作为历代达赖的母寺，哲蚌寺在格鲁派寺院中居有最高的地位。17世纪中叶，五世达赖建立了西藏地方行政管理政权噶厦，

权力机构就设在寺内的甘丹颇章内。哲蚌寺鼎盛时期僧人超过一万名，拥有141个庄园和540多个牧场，寺院的庞大与富有，由此可见一斑。庞大的建筑群和不计其数的壁画、文物，是哲蚌寺的特点。据说，要把对外开放、宛若迷宫般的殿堂厅室全都参观一遍，一天时间都不够。我们对手中的导游图研究一番，拟定了大致游览的路线，可没进几个殿就迷失了方向。好在不是做学问，也没有非看到什么，非弄明白什么的任务，现场体验藏传佛教神秘的气氛、别具一格的文化艺术，就达到了拜访的目的。

头顶着午时烈日的炙烤，离开哲蚌寺，步行25分钟下山，赶往拉萨北郊，拜访藏传佛教六大寺在拉萨的另一名寺——甘丹寺。甘丹寺的特点是对外开放喇嘛辩经，寺里的喇嘛不论入寺时间长短、在寺中的地位高低，只要你有佛性高论，有"诸葛亮舌战群儒"的口才，就可以一展身手，胜者将受到尊敬。当年唐僧玄奘去古印度取经，创造了身经百场辩经大会，无一败阵的佛教史纪录，获得了极高的荣誉和声望。

藏传佛教格鲁派六大寺为：拉萨的色拉寺，日喀则的扎什伦布寺，青海湟中的塔尔寺，甘肃夏河的拉卜楞寺，以及今天我在拉萨拜访的两座大寺。前四个大寺之前我先后拜访过，今天已经拜访了哲蚌寺，如能再顺利拜访甘丹寺，就了却了我今生拜访全部六大寺的心愿。

"甘丹寺今天不开放。"售票处窗口紧闭，正在保洁的藏族大妈见我敲窗户，用不太标准的普通话对我说。看来，上天是有意考验我对佛祖的诚心。留下念想也好，拉萨，我今生会再来，甘丹寺，我一定会再来拜访您。

下午，在八廓街上跟随藏族同胞转街。按照藏传佛教的说法，沿着大昭寺为中心的八廓街走一圈，即表示向供奉在大昭寺里的释迦牟尼佛朝觐礼拜一次，是功德无量的善行。

八廓街上，手执转经筒、口念六字真言的藏族同胞成群结队，他们把能到拉萨来朝圣作为毕生的荣光，朝觐拉萨时绕行八廓街是必修功课。转街信教徒中，最让人敬佩的是每行三步，就趴在地上五体投地地磕等身长头的信教徒。1000多米长的八廓街转一圈下来，要整整一天时间。我敬重磕长头的人，在进藏的公路上，在圣城拉萨的寺院、街头，还有后面在阿里转神山冈仁波齐的山路上，都能见到磕长头的身影。能有坚强毅力，花很长时间专心做一件益事的人，一定是有理想的人，都值得我用心敬重。有些上了年纪的老人步履蹒跚，用手杖支撑着佝偻的身体，颤颤巍巍地夹在转街的人群中，这需要多大的信仰力量啊！

八廓街作为中国历史文化名街，古迹众多。主要有：格鲁派最高学府下密院，使用传统工艺印制经书的印经院，松赞干布行宫曲结颇章，宗喀巴大师讲经辩经场松曲热遗址，清政府驻藏大臣衙门，还有曾经见证仓央嘉措与玛吉阿米两人爱情的玛吉阿米酒馆等。六世达赖喇嘛仓央嘉措算得上西藏历史上一位特殊人物，引起了人们的很大兴趣。据西藏史料记载，仓央嘉措喇嘛天资聪慧，多才多艺。因五世达赖圆寂后迟迟没有公开，仓央嘉措15岁时才被认定为五世达赖的转世灵童。他不为戒规困囿，私出寺院与情人玛吉阿米约会。今天流传下来的仓央嘉措情诗，已成为享誉文坛的一朵奇葩。这里摘录一首我欣赏的仓央嘉措情诗，从中可窥见他的抗争与无奈：

那一天，我闭目在经殿的香雾中，蓦然听见你诵经中的真言；

那一月，我摇动所有的经筒，不为超度，只为触摸你的指尖；

那一年，磕长头匍匐在山路，不为觐见，只为贴着你的温暖；

那一世，转山转水转佛塔，不为修来世，只为途中与你相见。

……

只是，就在那一夜，我忘却了所有，抛却了信仰，舍弃了轮回，

只为，那曾在佛前哭泣的玫瑰，早已失去旧日的光泽。

在曾经见证仓央嘉措与玛吉阿米两人爱情的一幢黄色二层小楼玛吉阿米酒馆前，我看见年轻人进进出出的景象，可还是打消了进去坐坐的念头。愿仓央嘉措能心想事成，在人间没有实现自己的理想，在天堂能过上属于自己安宁、幸福的生活吧。

八廓街还是一条繁荣的商贸街，藏式风格的店铺一家连着一家，琳琅满目的商品使人目不暇接。走进一家藏族同胞开的家庭酥油茶馆，主人边热情地用不太流畅的汉语与我们打招呼——"欢迎光临"，边引导我们进里面雅室入座，我们回应"扎西得勒"。这里喝茶的全是藏族同胞，说着我们听不懂的藏语，兴高采烈地高声交谈着，对走进两个汉族人，他们投来好奇的目光。

来对了地方，这是藏族同胞扎堆的茶馆，酥油茶应该是最原汁原味的。我们用手语与老板和他两个当服务员的女儿沟通了一番，他们端上了我们需要的一壶酥油茶和两杯酸奶。抿一口温热的酸奶，偏甜，奶味儿也不够浓郁。把热气腾腾的酥油茶倒入茶色小玻璃杯，空气中立刻散发出缕缕香味。停留片刻，端起不烫手的茶杯抿一口，果真是好茶。发酵茶的醇香中混合着酥油独特的酸膻味，还略有些咸的味道，茶汁很浓，一口下肚，似乎有一股热气在身体里慢慢扩散。

　　转布达拉宫一周，是我们在拉萨三天每日必做的功课，停留了三天转了三圈。集寺院、宫殿、城堡于一体的布达拉宫，从玛布日山脚一直建至山顶，夕阳下，高高矗立在宫顶的镏金铜瓦光芒万丈，雄伟的气势、完美的造型，让人心生敬畏，过目不忘。明天就要启程上珠穆朗玛峰大本营了，为预防高原反应，今晚绕行布达拉宫路上，我顺便买了两盒高原安胶囊。

圣湖羊卓雍错

羊卓雍错，与纳木错、玛旁雍错合称为西藏三大圣湖。藏传佛教格鲁派一个显著特点是设立活佛尊位。"活佛"简意为佛的化身，指修行的喇嘛经过长年潜心修炼，超脱了天人道、人道、阿修罗道、畜生道、饿鬼道、地狱道这六道轮回而成为佛，佛圆寂后，为继续完成普度众生的善缘，又以化身的方式转生为另一个肉体的人，称为"活佛转世"。藏传佛教有两大活佛转世系统，达赖系统和班禅系统。除此之外，还存在一些等级不同的活佛和活佛转世系统，根据《2013年中国人权事业的进展》白皮书发布的官方数据，西藏有活佛358名，西藏民主改革（1959年）以来，已经有60余名新转世活佛按照历史定制与宗教仪轨得到批准认定。羊卓雍错就是寻找活佛转世灵童的圣湖之一，大活佛可以从水中看出显影，指示灵童所在的大方位。

今天行程的第一站是羊卓雍错。出拉萨向西南行驶，过曲水县雅鲁藏布江大桥至达嘎乡，左拐弯进入307省道，沿蜿蜒曲折的盘山公路翻越海拔5030米的岗巴拉山口。山口处设有观赏羊卓雍错的观景台及停车场，为观赏羊卓雍错的最佳位置。羊卓雍错在群山峡谷中长达130余公里，连接着四个姐妹湖，状似巨大的耳坠，镶嵌在群山的耳垂上。站得越高，看见湖水的范围越大，而海拔5030米的岗巴拉山口是这一带群山中游客能够到达的最高处。羊卓雍错的美，在于"只窥一斑，不见全豹"。当地藏族同胞用这样的民歌赞美羊卓雍错："天上的仙境，人间的羊卓；天上的繁星，湖畔的羊群。"

羊卓雍错鸟瞰

下岗巴拉山口，有近20公里的路绕着羊卓雍湖，我们边行边赏景，尽情享受着雪山、圣湖、湿地、牧场、水鸟、牛羊等大自然赠给我们的视觉盛宴。在一些观景好的位置，藏族同胞吆喝着叫卖藏药和旅游纪念品，牵着牛、羊、藏獒让游客拍照。需要拍照的话，一定先谈好价钱，因为没有人愿意发生争执。

离开湖区，汽车再次进入山区盘山公路，路两侧的山上不见树木，也不生野草，裸露的岩石怪异阴森，驶入其中，有种误入史前地带的幻觉。翻越海拔4330米的斯米拉山口时，天空慢慢昏暗下来，气温骤降，细雨演化成了鹅毛大雪，整条公路前不见人影，后不见来车。过山口不久，雪停了，视线好转，公路边的山沟里，仿佛突然冒出来一条条冰川，近的离公路不过百余米，这就是著名的卡诺拉冰川。记得2004年来这里时，冰川就在简易公路十来米近的地方，才过去十几年时间，冰川就后退了百米。如此下去，卡诺拉冰川将面临消失的命运。核心景区设立了高大的标牌，门票50元／人，建有栈道直达冰川下。我们要按照预定计划赶路，去参观江孜的宗山古城堡，所以没有在此做过多停留。

公路边的卡诺拉冰川

告别冰川不久，经过一个有七八幢民宅的小村庄，路边一位藏族老奶奶坐在低矮的小凳上，摇动着手中的物品向我们招手。见车停了下来，老奶奶高兴地站起来，一手举着用线绳穿起来的干奶渣，一手不忘转动手里的佛珠串。镶了花边的藏棉袍久未清洗，已经辨认不出颜色，满头白发中的小辫子也因久未梳理，显得有些零乱，在这高海拔空旷的不毛之地，瘦小的身躯显得羸弱无助。我们买了她两串干奶渣，加满一旅行杯酥油茶，老奶奶不会说汉语，接过我递给她的 50 元钱要找零，我摇手示意不用找了，老奶奶脸上露出了开心的笑容。这些年国家加大了对西部尤其是西藏的扶贫力度，发达地区与西藏有关市、县建立了对口支援工作机制，一路上，能看到不少挂着内地援藏单位牌子的工程。但是，偏远地区藏族同胞的生活还十分艰难，贫瘠的土地、原始的生产方式，让他们很难维持基本的生活，教育、卫生、医疗等方面都迫切需要改善，西部扶贫、脱贫工作，任重道远。

江孜古堡古寺

　　进了江孜县城，汽车直抵宗山古城堡。白墙红顶的宗山古城堡建于14世纪初，依山势从山脚一直建至山顶。1904年，这里发生了一场中国近代史上可以大书一笔的抗击英帝国主义入侵的保卫战。成立于1600年的英国殖民机构——东印度公司，在英国政府的大力支持下，不断向北方扩张，不择手段地将中国的前藩属国尼泊尔、锡金、不丹置于控制下，继而将侵略的魔掌伸向西藏，妄想将西藏也纳入其统治下。1888年，英属印度第一次侵藏战争爆发，迫使清政府与其签订了极不平等的《中英会议藏印条约》，使中国丧失了大片牧场和险要地段，许多地段西藏已是无险可守。英方在获得巨大利益后仍不满足，乘清政府软弱无能、西藏兵力严重不足之际，继续对西藏进行武力扩张。1903年12月10日，英军全部会合于纳塘。12月11日，英军翻越没有一兵一卒把守的天然屏障咱利山，开始了第二次侵藏战争。入侵者一路烧杀抢掠，用和谈骗取藏军信任，制造了"古汝大屠杀"惨案。1904年7月1日，十三世达赖喇嘛派出代表与三大寺代表到江孜与英军会谈。无意和谈的英军要求西藏军民拆毁炮台，举旗投降，和谈无果而终。7月5日，英军进攻江孜城。英勇的江孜人民不畏强敌，全城16至60岁男子为了保卫家乡全部参战，凭借宗山城堡有

44

利地形，用土枪土炮与侵略者的洋枪洋炮展开殊死搏斗，不幸的是火药库被英军炮火击中爆炸。弹尽粮绝之际，活着的勇士宁死不屈，全部跳下近百米的山崖牺牲了。为纪念抗英牺牲的英雄，在城堡下的广场上，建立了江孜宗山英雄纪念碑。电影《红河谷》就是根据这段真实历史故事改编的。

江孜宗山古城堡及江孜宗山英雄纪念碑

"正在维修中，谢绝参观"，宗山城堡入口大门上，挂着这样的告示牌。见大门虚掩无人看守，我试图推门进去看看。"喂，不能进去。"从大门对面不远处低矮的平房里跑出一位中年男子，冲我高声喊道。我表示愿意买门票进去参观，不会影响里面施工，男子坚决不允许进，随手把大门关上，在上面加了一把锁。见我平静地看着他，或许他觉得自己言行过于粗暴，就用手指着城堡广场不远处的建筑说："那边是纪念馆，你们可以到里面看看。"看来也只能这样了，谢过守门人，回头向他手指的建筑走去。

这是一栋富有藏族风格的建筑，现代而不失古朴庄严，大门上方挂着"江孜历史文化陈列馆"的牌子，是由上海援藏干部投资兴建的。展馆内设有历史民俗画廊、抗英纪念展厅、民族手工艺展厅等。在抗英纪念展厅中，详实的史料和实物，再现了一个多世纪前江孜人民不畏强暴，保家卫国，杀身成仁的壮举，感人泪下。

到江孜，白居寺一定要去拜访，为什么？其一，名气大，白居寺始建于1418年，由一世班禅克珠杰和江孜法王主持修建。其二，三派共寺。白居寺原属于萨迦教派，后来噶举派和格鲁派的势力相继进入，各派一度互相排斥，分庭抗礼，最后在互谅互让的基础上共存共荣。于是，白居寺便兼容萨迦、噶举和格鲁三个教派，寺内供奉及建筑风格也是兼收并蓄，博采众长，每个教派都有自己的扎仓（僧院）。其三，建筑风格独特，寺院主要建筑白居塔，又称十万佛塔、吉祥多门塔，由塔基、塔腹、覆盆、塔幢等组成，共9层42.4米高，四面八角形，开门108扇。塔内收藏各类佛像十万余尊及壁画、唐卡等文物，是国内唯一一座集建筑、绘画、雕塑于一体的塔式宗教艺术博物馆。到白居寺参观的国内游人不多，除当地藏族同胞免费参观外，国外旅行团来了好几个，看来国内旅游热潮还没有波及这里。

沿着塔西面入口拾级而上，可以直至塔顶。在二层一个不大的殿堂里，一位四五岁的小男孩独自坐在禅床上，身边摆放了一些佛教修行用的法器、经文。这是活佛转世的灵童？小男孩不知是听不懂汉语，还是不愿与生人交流，对我们的问候，目不斜视，不理不睬。

白居塔

　　在另一间佛堂里，一位藏族小伙子站在简易架子上，一手托着颜料盘，一手执笔，全神贯注地绘着壁画。对身后传来的赞许声，小伙子回眸报以腼腆一笑，继续面墙忙着手上的活。

　　我好奇地靠近观看，发现墙上打有铅笔草绘的底稿，小伙子是用色彩鲜艳的颜料，在草稿上描绘图案，一幅佛像面部已初现端倪。据说，西藏壁画的颜料是选取自然界中的矿物质，用动物筋骨熬制的胶调和而成的，这样绘出来的壁画色彩艳丽，经久不掉色。越往塔的上层走，楼道越狭窄，房间光线也越暗，忽明忽暗的酥油灯，很难照亮室内陈设的壁画和物品，更增添了佛塔的古老和神秘。

画师正在绘壁画

白居寺另一个主要建筑是措钦大殿，48根一人腰粗的木桩支撑着2000多平方米的大经堂。我们参观时正逢喇嘛们诵经，场面神圣而又温馨。每个喇嘛面前摆放一只精致的小茶碗，一名小喇嘛拎着茶壶，给空了的茶碗里续茶，喇嘛们诵经口渴了，可以暂时放下经书，喝口酥油茶，润润嗓子，休息一下再念。

出江孜县城西南，往日喀则方向行驶约4公里，右拐不远是班觉伦布村，村里有座西藏唯一保存完整的旧西藏贵族庄园——帕拉庄园。帕拉庄园是旧西藏大贵族帕拉家族的主庄园，帕拉家族是一个有着400多年历史的古老家族。17世纪，藏堆王噶玛·敦迥旺布推翻了帕竹地方政权，在不丹建立噶玛噶举巴政权。为更好地统治不丹，藏堆王把江孜恰芒地方的几名喇嘛派到南不丹的寺庙当喇嘛，其中一名就是帕拉家族的先祖。17世纪中叶，帕拉家族的后裔阿香古青因带领民众500多户归顺西藏地方政府，获得了江孜辖区的一部分封地。帕拉家族在此基础上发展起来，步入了西藏封建农奴社会贵族的行列。此后，在平息内乱、抵御外国入侵的过程中，帕拉家族后人多次立功，为维护西藏的稳定和发展立下汗马功劳，被清政府多次赐予各种品级的顶戴花翎，帕拉家族权势日益显赫。到19世纪末，帕拉家族成为西藏十二大贵族之一，拥有37座庄园、1.5万余亩土地、12个牧场、1.4万余头（只）牲畜、3000多名农奴。1959年，庄园主帕拉旺久参与叛乱并外逃，其庄园被没收。

帕拉庄园

虽然经历了时代变迁，眼前的帕拉庄园三层主体建筑跟周围低矮的住宅相比，仍显得气派高贵。遗憾的是，因工作人员已经下班，我们没能进入庄园内部参观。与庄园一路之隔的附属建筑奴隶院，以前为庄园主人所属奴隶的住所，推开虚掩的大门，走进"口"字形的四合院，约150平方米面积的土坯房，被分隔成一个个七八平方米、低矮、阴暗、形同牢笼的小房间，共住有14户人家、60多名奴隶。房间里除几样简陋农具、土炕、炉具外，几乎家徒四壁，当时奴隶的生活境况可想而知。

拜访扎什伦布寺

江孜到日喀则约93公里，这一带为日喀则平原，大部分地段一马平川，路况相当于内地的二级公路，路上的车不多，开起来有种久违的畅快感。压着每小时70公里的限速一阵狂奔，赶在太阳落山前到达日喀则，这是今晚的住宿地。公路边常常能看到藏民们在田里脱粒刚收获的青稞，壮年劳力干着搬运、脱粒重活，孩子和老人帮忙做些捡拾、清扫轻活，小狗摇着尾巴跟在孩子后面嬉闹，全家人齐上阵共同劳动的场景，让我回想起儿时回父母农村老家干农活的情景。如不赶路，我真想加入他们，体验一把劳动的快乐。

在扎什伦布寺不远的地方安顿下来，这是一家藏族人开的家庭旅馆，临街的好几间商铺都是他家的产业，家庭资产雄厚。大床房一晚50元谈下来，室内陈设虽说简陋，但卫生状况还能接受。店主对我们提出换床单、被套、枕套的要求，满口答应，让我们去仓库取来洗净的床单、被套、枕套，自己动手更换。这里离扎什伦布寺步行十几分钟就到了，方便明天参观。临睡前下起了大雨，高原的天气变幻莫测，我们暗自祈祷明天是个好天气。

扎什伦布寺为班禅的驻锡地，由藏传佛教格鲁派创始人宗喀巴的弟子根敦珠巴兴建。为理清楚藏传佛教错综复杂的宗派关系，出发前我在图书馆查阅了相关资料。

　　清晨，站在扎什伦布寺广场湿漉漉的地面上，北望扎什伦布寺，几座大殿的金顶高耸入云，庄严而神圣。购票进入寺院大门，各主要大殿9点才对外开放，我拿着相机穿梭在各经堂、殿宇间的石板小路上，边欣赏边拍照。扎什伦布寺虽然没有布达拉宫名气大，但殿堂、楼台、灵塔、回廊整体布局错落有致，疏密相间，每一栋建筑既古朴典雅，又别具一格，故有小布达拉宫之称。面对庞大、迷宫般的寺院，我们重点走访了诵经辩经的措钦大殿、供有强巴铜坐佛像的强巴佛殿（注：强巴佛是藏传佛教里三世佛中的未来佛，强巴佛像高26.2米，莲花宝座高3.8米，佛像共使用黄金279千克）、供有五世到九世班禅灵塔的灵塔殿和供有十世班禅额尔德尼确吉坚赞大师灵塔的释颂南捷。这里展出的每一件物品都是艺术瑰宝，每一座殿堂都价值连城。

庄严神圣的扎什伦布寺大殿

扎什伦布寺内精美的寺院大门

艰苦的珠穆朗玛峰大本营之旅

　　离开扎什伦布寺，我们从318国道继续西行，目的地是珠穆朗玛峰大本营。中间翻越了几座高山，路面整体而言比盐井到林芝的路段要好。路上的检查站增多，进拉孜县加油站加油，除人民币外，还需要提供身份证、驾驶证、行驶证、边境通行证四证，填写加油登记表。随车人员只留下司机驾车，其他人员必须全部下车，在加油站大门警戒线外等候，接下来的行程中遇到的加油站全都如此，直至驶出新疆。

　　加满了油，路况还不错，我们信心满满地盘算着六点半前赶到珠穆朗玛峰大本营，欣赏期待已久的夕照珠穆朗玛峰那激动人心的时刻。可是才走了五六公里，前方安检站排满了大大小小的车辆，下车探听情况，一位司机平静地说："前面到定日修路，晚上9点放行。"在西藏，遇到修路是家常便饭，当地司机已习以为常。现在才下午2点，我们不甘心这样坐以待毙地苦等7个小时，抱着一线希望朝安检站走去，从安检人员那里获得一条信息——可以从萨迦县绕行到定日。

　　萨迦县有一座非常著名的寺院萨迦寺，萨迦寺是藏传佛教萨迦派的主寺。萨迦派是藏传佛教的重要宗派之一。1251年6月，蒙哥继承了蒙古汗位，颁布了免除僧人差税和劳役，承认萨迦派掌领西藏各教派大权的诏令。同年，萨迦四祖萨迦班智达圆寂，继承人为被尊称为萨迦五祖的八思巴。1259年，蒙哥汗战死。1260年，忽必烈继汗位。继汗位前，忽必烈已被八思巴的才智折服，尊其为上师，两人建立了深厚的君臣关系和师承关系。忽必烈继汗位后，册封八思巴为国师。1270年，忽必烈又晋升八思巴为帝师，同时授以八思巴很大的权力，掌管全国的佛教和藏地事务。八思巴在大都住了数年后，以帝师的身份回到萨迦，成为萨迦地方政权的最高长官。元朝灭亡后，萨迦派势力逐渐衰弱。

珠穆朗玛峰远景

我们急着去珠穆朗玛峰大本营，就毫不犹豫地调头朝萨迦县方向驶去。行驶了一段柏油路后，路越来越难行，涉水、爬陡坡考验的是胆量和车技，这还能勉强应付，但大型履带车在荒芜的高原上碾压出来的"路"，任何小车司机都没有妙招绝技对付。干燥的路面看上去一马平川，但在厚厚的灰尘下坚硬的沙砾被压实，成波浪起伏的搓衣板状，小车跑在上面，如同驾驭一匹桀骜不驯的野马，一骑绝尘在荒凉的峡谷中上下剧烈颠簸，车后尘土飞扬。潮湿的路面更难操控，"路"已经被大卡车轮子搅拌成一条条水沟，泥水淹没了下面不知深浅的水坑，好几辆车陷入沙中或泥坑中，占据了主道。一辆辆绕行的车将"路"拓宽至上百米，继续勇往直前地驶入泥坑中，此情此景，让我脑海中突然闪现"沉舟侧畔千帆过"的诗境，聊以自慰自虐。

这段40多公里的路，足足跑了2个小时，途中我几次萌生调头回去的想法。庆幸的是人、车都安然无恙地挺了过来，晚上到达目的地珠穆朗玛峰大本营时，才发现保温瓶震碎了一个。约下午6点，到达318国道川藏线5144公里处，珠穆朗玛峰景区大门就在左手边，停车购票，门票180元／人，小车（连同一名司机）400元／辆。

珠穆朗玛峰国家公园

难忘世界第三极

　　沿盘山公路曲曲折折地爬上海拔5198米的加乌拉山口，登上瞭望珠穆朗玛峰全景的山口观景台，在连绵雪山中，自左向右依次排列着马卡鲁峰、洛子峰、珠穆朗玛峰和卓奥友峰四座海拔8000米以上的雪峰。可能是距离远的缘故，第一眼看去，珠穆朗玛峰没有给我太大的震撼，与这一路走来所见的雪山并无明显差异。

加乌拉山口

在绒布寺前的公路上，汽车左边后视镜突然反射出一条蓝光，我急忙停车回望。天空中一道以蓝色为主、状似彩虹的"蓝虹"，在黄昏空旷的山野中，非常炫目耀眼，美丽至极。这是极光吗？俩人互问对方，也是问自己，但都没有答案。

约9点20分到达珠穆朗玛峰大本营，寒风中一位穿着厚厚棉衣的藏族妇女在路边朝我们的汽车招手。本来想好到达后进几顶帐篷看看，比比价格、卫生条件什么的，但突然黑暗中冒出这个女人，让我动了怜悯之心，于是停车打过招呼，开车跟随她来到58号帐篷。

名为大本营，其实就是在一块空地上扎了二三十顶帐篷，十一国庆节后大本营已基本没有游客了。到10月底，因为寒冷，全部人员都将撤回山下，很庆幸我们赶在撤营前来到，有温暖的帐篷住宿，还有什么好挑剔的呢。偌大的帐篷里摆放了十几张通铺，通铺过道尽头，用门帘隔开一个小间，卫生条件还好，应该能睡下四五个人，今晚帐篷中的这个小隔间属于我们俩人独享。帐篷女主人身边4岁的小女孩引起我们的注意，娇嫩的脸上几道皴皱让人心疼，海拔5000多米，成年人都难以忍受的恶劣环境，她在这里都是怎么生活的？"谢谢。"接过我们递给她的食品，女孩有礼貌地答谢。听到我们要她妈妈帮忙烧点热水洗漱，女孩郑重其事地说："水是用来吃的。"可见珠穆朗玛峰生活条件之艰苦，水是这里的奢侈品，其他生活物资匮乏可见一斑。见客人缩手缩脚畏冷的样子，善良的藏族妇女拿来电取暖器给帐内加温，劝我们早点休息，11点半大本营停电。

大本营海拔5200米，开水只能烧到约70摄氏度，为了给身体提供能量，没泡好的泡面我们硬是吞了下去，在这人生住宿海拔又一高度的地方，算是吃了晚饭。大本营的夜空，通透的大气没有一丝污染，也没有地面光源的干扰，仰望星空，仿佛站在另一颗星球上看宇宙。银河如瀑布般从天而降，满天星辰似乎"唾手可摘"。我想尝试拍张星轨照片，可手冻得不听使唤，三脚架怎么也调整不到位，草草拍了几张星空照片，赶紧钻回帐篷。

珠穆朗玛峰大本营一角

为避免发生高原反应，游人大都选择在海拔相对较低、生活保障条件较好的定日县城过夜，早晨出发到大本营观赏珠穆朗玛峰后，下午返回定日或日喀则。

我们一觉醒来，看看手机已是7点45分，脑袋还比较清醒，担心的高原反应没有发生。穿戴好所有御寒衣物，走出帐篷，一座高大的雪山赫然耸立面前。这就是我自小向往的珠穆朗玛峰吗？这就是多少次梦中相见的神山吗？这就是我许下心愿今生必须朝觐的世界第三极吗？我的夙愿在这一刻终于实现了，这是一个值得永远铭记的时刻，2017年10月12日7时58分。一路跋山涉水，风雨兼程，都是为了这一刻。

由于印度板块与欧亚板块的碰撞，在四五千万年的漫长岁月里，青藏高原经历了三次隆起、两次夷平，成就了今天的青藏高原和海拔约8844米的珠穆朗玛峰。人生百年，一切贵贱、贫富、福祸、恩仇，在珠穆朗玛峰面前都是那么渺小，那么微不足道。珍惜光阴，不为名利困扰，不为琐事悲喜，活好每一天，这才是人生正道。

天寒地冻，游人匆匆观赏珠穆朗玛峰的美丽景色后，又匆匆返回帐篷，准备下山。舍不得离开大本营，在荒凉空旷的珠穆朗玛峰山脚下，我随意地在营区周边走着，大口呼吸寒冷而稀薄的空气，心脏跳动在加快，这是身体在高海拔地区的本能反应。没有头痛，没有恶心，没有喘不过来气，我为自己身体经受住极端恶劣环境考验而开心。

启动车辆，仪表显示车外零下5摄氏度，热车半小时，用掉宝贵的两瓶开水，勉强除去了前挡风玻璃上的冰霜。10点，带着满足，带着对珠穆朗玛峰的眷恋，离开珠穆朗玛峰大本营。再见，珠穆朗玛峰！

陷入困境

今天的行程安排是先返回318国道，然后转新藏线219国道，前往阿里地区。定日至拉孜路段大修，绕过来时途经萨迦县的烂路，再不想遭受二茬罪。好在沿318国道继续西行，在聂拉木县有条县道可以绕行至219国道。

原路翻越加乌拉山口，在观景台上再次瞭望珠穆朗玛峰。一藏族人用空塑料瓶向我们借水，这里水贵如油，小刘心善，将满满一桶矿泉水连桶全送给了他。出珠穆朗玛峰景区大门左拐，是318国道通向尼泊尔的公路，又称为中尼公路。2015年4月25日，尼泊尔发生8.1级大地震，西藏这一带显然受到严重影响，两年多过去了，沿途仍可看到倒塌的房屋、损毁的桥梁和路基。

下午3点半，我们来到聂拉木县门布乡安检站，配合完检查，点火发动汽车准备离去时，汽车突然冒出白烟，发动机冷却水流了一地。经检查站人员检查确认，水泵烧坏了，必须更换水泵后才能行驶。我急忙拨打投保的平安保险公司和购车4S店提供的公司总部救援电话，向他们提出就近拖车到150公里远的定日县城，或110公里远的聂拉木县城抢修。打了很多个电话，一个多小时后得到两家公司给出的解决办法，权衡两家公司的解决方案，从救援时间和服务可行性上考虑，我选择了购车的汽车公司的救援。

汽车公司从640公里外的拉萨派拖车，将我们的车运回拉萨4S店维修，拖车大约两三天抵达，我们在原地等候。问为什么舍近求远，答曰公司规定，只有拖到拉萨4S店维修，公司才承担拖车和维修费用。真不知这是何人依据何种理由订立的规定，公司财大气粗，可以不在乎多花钱，可我们时间宝贵，耗不起呀。可是此时向谁讲理，向谁维权？冷静下来，只能接受坐以待"援"的残酷现实。值得庆幸的是，车是抛锚在乡政府边的安检站，这里有公安边防人员，安全上不用担心；这里手机有信号，可以向外发出救援信息；这里有水、电和基本的食物供给，生活可以维持。

门布乡安检站地理位置特殊，两山之间夹着中国通往尼泊尔的中尼公路。这里的工作人员远离家乡和亲人，要克服高寒、缺氧、紫外线强烈照射的困难，每日24小时不间断地对过往车辆、行人进行检查登记，责任重大，条件艰苦，工作繁忙。安检人员对我这个从军27年的老兵给予了独特的关照，我可以进出非工作人员严禁入内的办公室取暖、借开水、给手机充电，这也让我能够近距离地了解他们的工作和生活情况。

安检站不远处，一家四川人开的小餐馆，就是安检人员的编外食堂，一天三餐经常是馒头、包子果腹，夜里加班就泡一碗方便面。时逢聂拉木县公安局副局长在这里蹲点，现场检查指导工作。这是一位50岁左右的藏族汉子，身材健壮，浓眉大眼，黝黑的脸庞透出军人的威武，一把手枪时刻不离地别在腰间。国庆节前他来到这里，一直要到党的十九大闭幕才返回县城。副局长和其他干警一样参加值班，检查过往车辆和行人，如果不是部下称他"局座"，外人一点都看不出他的身份。微信取名为"无悔的选择"，是他对职业得与失、对工作苦与乐最好的诠释。

14日中午12点10分，终于在焦虑中盼来了从640公里外的拉萨赶来的拖车，因为场地有限，大家颇费一番周折才将小车弄到拖车平板上。司机高师傅，甘肃夏河人，个头不高，30岁出头，略有些发福，说话面带三分笑容，离开家乡到西藏打拼已有十几个年头，如今在拉萨有了家庭和稳定的工作。谈起现在的生活，高师傅满脸的自豪。听说我们是从萨迦绕行上的珠穆朗玛峰大本营，他很是惊讶，"那条路你也敢走？过来了算你走运，路上抛锚的车不少吧？在西藏行车，修路，过安检站，发生交通事故等，都会堵车限行，没有紧急情况，不要贸然绕行或下公路走旁边的便道，否则一旦发生意外，救援很困难。"有着多年救援经验的高师傅善意地提醒我。过后，提前搭顺路车返回拉萨的妻子小刘告诉我，她乘的顺路车为抢时间，走的是绕行萨迦的烂路，中途报废了一只轮胎，司机很是懊悔。

在定日县白坝检查站，我们耐心地等待了3个多小时，熬到晚上8点钟才放行车辆。高师傅不愧是长年在西藏奔波的老司机，开夜车连续翻越几座海拔约5000米的高山垭口，没有一丝困意。看着汽车在光线有限的险峻山道上一路急驶，我提心吊胆，不敢打瞌睡。凌晨2点半，经我一再劝说，车子在路边一户人家门前停下。拖车驾驶室后排空间容得下一个人躺下，就成了司机的卧铺，我妻子小刘已经提前回到拉萨，我爬到自己的车里过夜。行前，我对车辆进行了简单改造，放倒后排座椅，铺上垫子，即可腾出长1.8米、宽1.2米的空间，足以容下两人过夜，在没有条件住宿，或者安全、物质条件容许，但不想花钱住宿时，车就成为我们的临时住所，既方便又卫生。

15日下午7点半，拖车经过16个半小时的奔波，到达拉萨金珠西路上的汽车4S店。全西藏只有两家该品牌汽车4S店，一家是拉萨的此店，另一家听说是在阿里首府狮泉河镇。已经下班的白玛经理协助高师傅卸车，办理车辆交接手续。多亏高师傅日夜兼程，帮助我们摆脱了困境。

第二天10点一上班，我们赶到汽车4S店，看修车师傅更换水泵，半小时结束。白玛经理开车在大街上试跑了一会儿后，把钥匙递给我，说："好了，可以继续上路。"这次意外双方都付出了不小的代价，汽车公司支付救援费8000元，修车保养费500元，交通、住宿补偿费1500元，我们则损失了宝贵的近4天时间。

走进阿里

谢别白玛经理，午饭后我离开拉萨，向此次行程的第三站阿里地区进军。行驶路线为：拉萨到拉孜约432公里，拉孜到萨嘎约298公里，萨嘎到帕羊约297公里，帕羊到巴嘎约309公里。车跟我人一样，一扫这几天不能动弹的窝囊，铆足了劲，我把不要开夜车的忠告抛到脑后，全天除停车吃饭40分钟外，一口气开了8小时，晚上近10点时才在路边小店停车，借老板两瓶热水简单洗洗，在车内一觉睡到自然醒。

从今天起，接下来7天我都要在新藏线219国道上开跑。新藏线是世界上海拔最高、条件最苦的一条公路，许多地方为人迹罕至的无人区，生活没有保障。新藏线又是一条大气磅礴、景色壮美的公路，雪峰草地、神山圣水、藏寨经幡、野生动物，无不令人销魂勾魄。新藏线还是一条没有四季划分，天气瞬息万变的公路，吸引来自四面八方的车友自虐自乐，甘受身体和心理双重严峻考验。离开拉孜，在平坦的柏油路上没跑多远，就开启了全天的翻山模式，路面时好时坏，提心吊胆地爬上爬下几段因公路维修临时辟出的简易便道，一段好路跑不多远，未等身心轻松下来，又是一段望不到头的烂路。

阿里风光(一)

阿里风光(二)

过昂仁县检查站不久，再次遭遇封路，几辆大型筑路车不紧不慢地铺设着沥青，二三十辆车在路边依次排队，等候4小时后放行。这是一段建在湿地上的公路，路基高于下面的湿地约2米，4

辆大卡车和1辆小车陷入湿地泥潭。观望中又一辆大车冲下公路，运气不佳，开了不足50米，抛锚在湿地里。即使这样，仍不时有车继续下去，勇敢地冲向近300米的"死亡之路"。我在湿地上来回走了两趟，硬些的路早已被大车压得稀烂，抛锚的车也封死了部分"道路"，积水区只能凭目测判断水下地质软硬。心中设计好"线路"，挂上一挡，稳住油门，勇敢地冲下公路。汽车在湿地水沟中1米、2米、5米、10米、20米……艰难地跋涉，发动机在轰鸣，车轮在转动，心脏跳动在加快，终点在一米一米地接近，混合了担心、刺激、快乐的感受，只有亲身经历才能体验出来。在公路上人群的叫好声中，车子从湿地下面，如雄狮般昂首挺胸冲上公路。

勇敢冲下"死亡之路"的越野车（车牌号模糊处理）

萨嘎至帕羊、霍尔一线，公路北侧为冈底斯山脉，公路南边是喜马拉雅山脉，两条巨大的山脉夹着雅鲁藏布江源头马泉河河谷，河谷平均海拔4700余米，新藏公路经河谷蜿蜒伸向远方。路边高山起伏，成群的牛羊悠游于青青的草原与皑皑的雪山之间，如诗如画，如梦如幻。

在这段路上行车，除了高山、草地、荒漠和偶尔经过几座乡镇外，见到最多的人是安检人员，见到最多的建筑是安检站。平均六七十公里设有一个安检站，除常规检查证件外，还要打开全部车门和后备厢接受检查。在通过仲巴县前的一个安检站时，安检人员要求我把行李全部搬下车检查。后备厢中有大大小小十余箱物品，有些还在后排座椅下，得先抬起后排座椅才能搬出来。我慢慢把所有物品都搬了出来，一番折腾使我一下子产生了高原反应。我大口地呼吸，又拿出军队转业证递给身后监视我的两名武警，解释我们是过来旅游的。两人拿着证件认真端详了一番，客气地挥挥手，说"可以走了"。

邂逅精灵

　　继续上路，汽车再次缓缓爬升，晚上7点20分到达海拔5000多米的马攸拉山口，停车观景。这是日喀则地区与阿里地区的地理分界线，过了山口就进入了阿里地区普兰县地域。下山口后远远地望见一片水域，这是公珠错。湖边湿地上禽鸟云集，突然，"那边有鹤"，我大声对妻子喊道。让我激动不已的是这可不是常见的丹顶鹤，黑脸、黑脖子、黑尾巴，翅膀展开时末端的羽毛也为黑色。拿出手机查阅，得知它的学名叫黑颈鹤，是国家一级保护动物，仅生活于海拔2500米至5000米的高原上。六七只黑颈鹤在三四十米远的水草中舞动翅膀，风度翩翩地引吭高歌。黑颈鹤别说在自然环境，就是在动物园也极少能见到，是全世界15种鹤类中发现最晚的鹤种，主要分布在我国西藏、青海等地，少量分布在印度、尼泊尔。

引吭高歌的黑颈鹤

我们足足观望了20分钟，才依依不舍地离去。十几分钟后又有了更大的惊喜，两拨10余只藏羚羊在山坡上移动，虽然距离有些远，但藏羚羊特有的体型和走动姿态，让我确定自己没有认错。或许看见我们的车停了下来，藏羚羊也停下脚步，警惕地抬头向我们这边张望，一两分钟后又继续向山上走去，消失在荒凉的远山中。今天的运气真好。

为了明天转神山冈仁波齐，今天早饭后上路，除过安检站、过高山垭口、在湖泊边或野生动物出没处稍停车外，全天都是在开车赶路。边开车，边吃干粮，解决了午饭问题，晚上8点半到达霍尔乡，这里离冈仁波齐还有不到50公里。晚饭时饭店老板听说我们明天要去转神山，对我们说："十一国庆节后，冈仁波齐景区进入淡季，取消了门票。"一张门票200块，俩人就是400块，够加整整一箱油了，能跑多少公里啊，我们边吃饭边高兴地计算着。

新藏线上远眺冈仁波齐

转神山冈仁波齐

10月18日9点15分，我们抵达冈仁波齐山脚下的塔尔钦小镇，停车安排住宿。考虑到转山的艰难，我安排妻子在山边随意走走，10点半我独自启程，开始了两天转神山之旅。

冈仁波齐，中国十大最美名山之一，海拔6656米，为冈底斯山脉中段的最高峰，优美的圆弧状峰顶终年积雪，高高地耸立在周边群山峻岭中，犹如一朵含苞待放的雪莲花，又像大地母亲丰满的乳房，融化的雪水成为亚洲四大河流的源泉，乳水般哺育着她的儿女。藏族同胞亲切地称冈仁波齐为"圣母之山"，自古以来冈仁波齐被苯教、印度教、藏传佛教等誉为"神山"，被视为圣地和世界的中心。按照教义，朝圣者来此转山一圈，可以洗尽一生罪孽，转山十圈，可以在五百轮回中免下地狱之苦，转山一百零八圈，即可成佛升天。信教徒从西藏、青海、甘肃、四川、云南等地跋山涉水来到山下，沿着前辈转山踩出来的道路，艰难而又幸福地一步步实现心中的梦想。这种敬山、敬神的文化，应该说已经超出了宗教范畴，是人们追求理想、追求美好生活的精神寄托和行为体现。冈仁波齐已经成为人与神、人与自然沟通的文化之山。信教徒们为信仰而来，我为体验信仰力量、感受生命极限而来。这种极限不仅是承受高寒缺氧的极限，还有忍受孤独的极限、在困难面前不言放弃的极限。

不同视角下的冈仁波齐（一）

第一天22公里，从海拔4650米上升到5210米，在哲热寺住宿。出发后，沿着转山指示牌登上一个山岗，视野顿时开阔。山下的巴嘎平原逶迤起伏，南边一带的喜马拉雅山向西延续到天边，抬头向峰顶方向望去，冈仁波齐的银色身影只露出一角，如害羞的少女，犹抱琵琶半遮面。突然间，远处的山坡上，三个影子在晃动，身体颜色与山体的棕褐色相近，让人难以辨认清楚。我急忙拿出相机，用135焦段对准目标当作望远镜，哦，原来是藏野驴，两大一小，时而抬头张望，时而缓缓前行，两三分钟后消失在山岗下。

下坡后向北走了约一小时，进入拉曲峡谷，两边为七八十度的陡峭山崖，百米来宽的峡谷被转山人踏出四五条小路，从前方小山左右绕过。见有一条上山小路，我猜想应是近道吧，待气喘吁吁登上六七十米高的山顶，才发现下面是陡崖，向前没有了去路。看看小山右边的路要短些，于是原路返回，选择右边的路，偏偏又犯了选择性错误。右边的路走着走着，小石子路慢慢变成了乱石、沙滩路，遇溪流挡道，必须脱鞋涉水，判断的近路变成了险路。前后无人，向谁问路？只能"摸着石头过河"。峡谷中途，设立了验票处兼小卖部，几条小路到此也汇成了一条道路，不用再担心走冤枉路了。记不清上了几个山岗，下了几个山谷，海拔在上上下下的曲折道路上缓缓上升。

不同视角下的冈仁波齐（二）

在一处避风朝阳的地方休息时，我遇到今天转山路上的第一批转山人——一家四口，两个大人两个孩子，最小的男孩估计十三四岁。"扎西德勒"，我们相互问好，孩子父亲用藏语跟我交流，小男孩见我一脸茫然，当起了翻译，用还算流利的汉语说，"你怎么一个人来转神山？"孩子父亲听到孩子翻译的话，明白我崇拜神山，从很远的地方来此，赞美冈仁波齐非常壮观美丽，露出了真诚的笑容，说了山神会保佑转山人之类的吉祥话。他们来自格尔木偏僻的一个小镇，准备明天中午完成转山，到公路边赶乘过路的长途车到日喀则，然后再乘火车转汽车回家，来时路上用了7天时间。可见，信教徒转神山冈仁波齐，不仅是转山路上徒步艰辛，而且从家乡到神山脚下也是多么的不易，更别说经济上给还不太富裕的藏族人带来的压力，没有强大的信仰力量作支撑，根本不可能践行。这一刻，我茅塞顿开，领悟了"有信仰的人是幸福的"这句话的内涵。对信仰的力量、对有信仰的人的言行，用世俗的理念来评判，是多么的幼稚，他们的满足与快乐，绝非俗人能够感受到的。快到哲热寺时我遇到第二批同路人———一对中年藏族男女，三步一跪五体投地磕着等身长头，两手和双膝都戴着胶皮护套，胸前套了件大围兜，额头、围兜上沾满了灰尘。"扎西德勒"，两人见我从身边打招呼走过，黑里泛红的脸上露出了洁白的牙齿，报以微笑，回应"扎西德勒"。下午4点半，我在筋疲力尽中完成了今天的路程，进入哲热寺。

对于转神山的信教徒和游客来说，哲热寺在冈仁波齐转山路上的五个寺院中，知名度最高。这里风景好，神山冈仁波齐就在寺院对面不远的地方，透过两山间的豁口，可以较完整地看到峰顶莲花状全貌。转山前以为能够边走边欣赏神山风光，上路后才知道，全长56公里的转山之路，真正能够见到冈仁波齐峰顶的路段不足5公里。哲热寺的位置大概处于全程的五分之二处。除了磕等身长头转山要20天左右外，徒步转山的人们，大部分选择两天完成，一天走下来的人极少，老人和孩子要三天才能走完。选择两天走完，哲热寺或附近藏族人开的帐篷旅馆，还有普兰县旅游局经营的宾馆，就成为人们的最佳住宿点。

哲热寺

生平第一次在寺院过夜，山风很大，吹得室外经幡呼呼作响，透过门窗缝隙，蜡烛也被吹得忽明忽暗，偌大的寺院除了喇嘛、维修寺院的工人，我是唯一的住客。潮湿的霉味、香火燃烧的藏药味，还有人体的汗臭味，隔着我自带的睡袋，一阵阵刺激着呼吸道。我只是过客，这里的僧人长年在此生活都能忍受，我要坚强，必须忍住。我在给自己找理由：只有休息好了，明天才有精力爬山，完成转神山冈仁波齐的心愿；只有坦然面对环境，适应环境，才能够避免或减轻高原反应症状，这就是适者生存的基本法则；只有睡踏实了，才能证明在逆境中自己不是懦夫，今后回味这个特殊的夜晚，才不会因为自己的表现而羞愧。

半夜欲起床小便，头有些疼，想站起来，却四肢无力，盖了两层厚被，脚还是冰凉的，难道又出现高原反应了吗？一个人绝不能倒在这里，哲热寺只比珠穆朗玛峰大本营高10米，在珠穆朗玛峰大本营都没有大问题，在这里我应该也能挺过去。或许是昨天走路多了，身体抵抗力下降，休息一晚恢复了体力，就会好转，我在给自己一遍遍地鼓劲儿。迷糊中被一阵经幡舞动声吵醒，窗外天已经微亮，我还要去看日照峰顶，于是赶紧穿衣、洗漱，一包方便面，几块牛肉干、巧克力下肚，感觉身体又恢复了元气。今天的行程34公里，要翻越海拔5650米的卓玛拉山口，任重道远。顾不了两腿的酸疼，口中嚼着两片西洋参，告别让我感动、让我坚强的哲热寺，迎着刺骨寒风向山上走去。

出门就是一程急速上坡，接着是两公里长的缓上坡，来到昨晚喇嘛告诉我的观赏日照神山的最佳位置。正是时候，阳光正从冈仁波齐峰顶缓缓下移，白雪皑皑的神山金色部分慢慢增大，美丽壮观至极。运气真好，早晨起来天空还乌云密布，现在太阳正冉冉升起。见我在拍照，后面上来五六位藏族人好奇地看着相机议论着，由于语言不通，我用手指向神山的方向，请他们快看日照金山的美景，他们抬头看看，不以为然地笑笑离开了。他们是信教徒，心在转山的使命上，我是游客，在敬仰神山的同时，还要欣赏沿途美景，体会自虐的快感，目的不同。这里是转山途中离神山最近的地方，相视许久，无形中有股力量，驱使我如信教徒般面山而跪，此生不求荣华富贵，只愿胸怀像神山一样宽广，心灵像神山一样洁白，性格像神山一样坚毅。

经过一番灵魂洗礼，高海拔引起的心跳加快生理反应，似乎也平静了一些，深吸两口寒冷稀薄的空气，继续启程。一会儿开始爬第二个陡坡，这是全程最为艰苦的路段，前人在大片乱石堆里用脚踩出的一条"路"，非常消耗体力，每走几十米就要停下来喘口气，搓搓冻麻的脸和手。过了这片乱石岗，卓玛拉山口耀眼的经幡阵映入眼帘，于是我振奋精神向山口奋力爬去。

转神山的信教徒

站在卓玛拉山口，自豪感油然升起，脚下站的是海拔5650米的神山腰间，也是自己人生中用双脚攀登的新高度。在山口休息时，遇上一位身材魁梧的年轻人，身边跟着两个背着包袱、年龄与他相仿的漂亮女人。同一路碰到的信教徒相比，三人身上的藏服干净光鲜。"扎西德勒"，大家互相礼貌地问候，男子递过来牛肉干，示意我吃，见我摆手没有接受，突然伸手摘下我脸上的墨镜，架在自己鼻梁上。我还没有明白发生了什么，男子又从腰间取出一把精制的藏刀递给我——他是看中了我这副眼镜，要用藏刀来交换。这是传说中在转山路上相遇的人都是有缘人，没有利益驱使，没有金钱交换，可以成为真正的朋友吗？这就是藏族人对待朋友的表达方式吗？我明白过来，急忙从腰包中拿出巧克力和饼干换回眼镜。我不是吝啬小气，那把手柄上镶嵌有玛瑙石的藏刀，应该比眼镜值钱得多。他习惯了不戴墨镜在户外行走，看中眼镜只是一时好奇。而我不行，下山路还很长，今后的路上也离不开墨镜，我比他更需要墨镜。他身边的两个女人用藏语叽里咕噜地议论着，笑着看我们拥抱，友好地分手。

下山的路没有想象的轻松，要经过一段陡峭的乱石坡。这是行程中最危险的路段，极易伤膝盖、扭脚，借助登山杖的支撑力，我谨慎地一步步移动双腿。疲惫中，前方峡谷下一座约一千平方米、椭圆形的漂亮小湖，吸引了我的眼球，精神再次振奋起来。小湖的上游六七百米处，有一条离转山路很近的冰川，从陡峭的山坡走近冰川末端，估测末端冰舌高约1.5米，宽约50米。回来后查阅资料得知，小湖名为托吉错，却没有托吉错成因等的介绍。我根据一点粗浅的地理知识推断，托吉错很可能是一座冰碛湖。

走过这段急上急下的山路，来到冈仁波齐东面的峡谷底部，羊肠小道在几十米宽的谷底忽左忽右，望不见尽头。这种路同样很消耗体力，道路崎岖，景色单一。除了偶尔碰到转山人外，大部分时间，时而顶着强光烈日，时而迎着刺骨寒风，时而伴着飞舞的雪花，独自一人走着，再走着。那种"前不见古人，后不见来者"的苍凉孤独感，一阵阵袭上心头。我从哪里来，要向哪里去？我一遍遍地思考着看似哲理深奥而又非常现实的问题，似乎有了答案，又觉得不够清晰。一路艰辛，来到西藏的阿里腹地，忍受高寒、缺氧、孤独，承受人、车不确定的风险，仅仅是为了看到一路的风景吗？我觉得是，又不是。说是，因为没有不寻常的风景，就不会有魂牵梦萦的动力，驱使你跋山涉水，不畏艰难地向前，再向前；说不是，因为一路走来，不仅在短暂的生命旅程中，留下了跋涉的脚印，更重要的是一路发生的故事，让你开阔视野，触摸灵魂，点亮心灯，让你的人生变得更加有趣味。

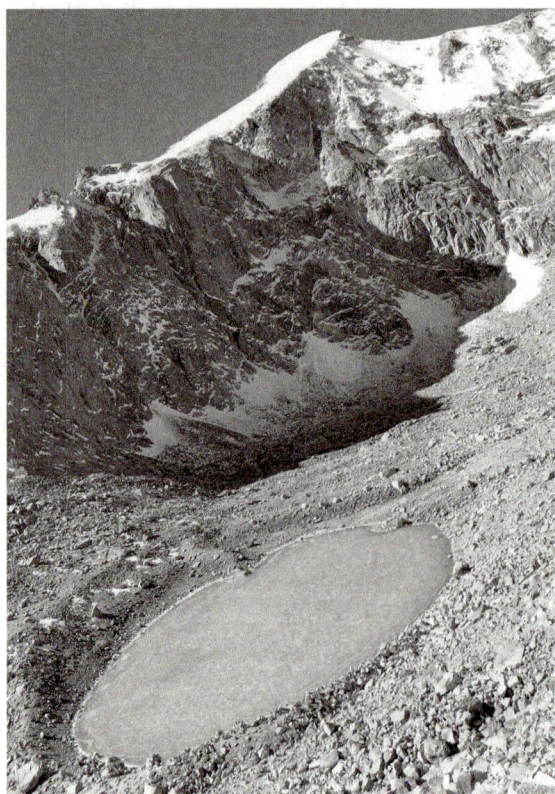

托吉错

翻过最后一道山梁，拐弯走出了山口，远远地看见219国道上行驶的汽车，看到最南边的纳木那尼峰，看到西边塔尔钦小镇，离终点还有四五公里。两天来连续在高海拔山道行走，体力消耗殆尽，全凭精神力量驱动麻木的双腿，这是考验毅力的最后四五公里。路上，再次碰到一个多小时前在一个帐篷里喝酥油茶时见到的藏族小帅哥。他手拿登山杖，上身穿着单薄的蓝色运动衣，使他与转山信教徒大都身穿厚重的棉藏服，肩挎大包袱有所不同。小伙子汉语说得不错，闲聊中得知，他准备连续转冈仁波齐神山两圈，今天转一圈，明天再转一圈。对我发自内心的赞许，小伙子似乎很享受，面对"为什么会有这么大的动力，有什么祈求吗"的提问，小伙子不愿意过多地回答，只说了一句"肯定有"，先我离开帐篷上路。再次相见，小伙子也感到很惊奇，"走得这么快"，算是他跟我打了招呼，我关切地劝他，"快到前面镇子上了，晚上早点休息，明天还要继续转山。"他坦诚的回答让我钦佩，也让我感到十分意外："不走了，明天回家。"我一时语塞，不知该说什么接上他的话，小伙子加快步伐又走在了前面，两条腿因过度疲劳，步子明显不够稳健。转神山需要信仰，需要毅力，也需要体力。下午五点半，看到妻子在小镇的路口招手，我已经没有了激动的力气。

　　这两天，在冈仁波齐神山的注视和鼓舞下，身体和精神经历了恶劣环境的考验，收获了一路的美景，更收获了坚定的信念。能够在平均海拔5000米的崎岖山道上，完成跋涉56公里的转山之旅，在今后的人生道路上，还有什么困惑不能释怀，还有什么挫折不能面对，还有什么应该承受的责任不能担当？

　　完成了朝圣神山心愿，也付出了代价：脸部晒伤，口鼻冻肿皲裂，双脚磨出5个水泡，但没有付出，哪来收获。

眼中的圣湖和鬼湖

　　告别冈仁波齐，我们沿着207省道向普兰县进发。县城海拔3900米，这个高度在阿里地区算是盆地，完成转神山的人们大都选择到这里来休整一两天。途中经过圣湖玛旁雍错和鬼湖拉昂错，还可以近距离欣赏喜马拉雅山西段著名的雪山纳木那尼。普兰县城是西藏早期文明的发源地，曾经是西藏最早的三个部落联盟之一象雄部落的统治中心。在西北部的象雄、藏南河谷地带的雅隆、唐古拉山南北一带的苏毗三大部落中，象雄是出现时间最早，统治地域最辽阔，势力最大的游牧部落，是西藏古老文明的中心和西藏古老宗教苯教的发源地。

　　车在巴嘎平原上奔驰，前方路口指示牌标出通向即乌寺的道路。这是圣湖玛旁雍错旁边的一座小寺，因传说藏传佛教创始人之一莲花生大师在寺内洞穴中打坐而闻名。玛旁雍错拥有412平方公里的湖面，与207省道伴行约30公里，我们不急着观赏，继续向普兰县方向驶去。"看，前面有个大湖。"小刘提醒我。不错，这就是被称为鬼湖的拉昂错，距离公路不足百米。

　　把车停在一个三面环水的半岛上，我们站在高处欣赏眼前的美景。对这个湖的赞美，除了美、大美外，我还真没有恰当的文字描述。或许每个人的观赏眼光不同，也或许是观赏位置绝佳，天气、光照角度恰到好处，我感觉这比纳木错、羊卓雍错还要耐看。西边一带的沙山，北方的神山冈仁波齐，东南方向的公路、纳木那尼雪山倒映在碧玉般的湖面上，犹似在一幅波澜壮阔的山水画上镶嵌了天然的花边。网上传说的妖风四起，恶浪滔天，没见一丝踪影，一湖能将冈底斯山脉、喜马拉雅山脉纳入水中，真是天下无双。

冈仁波齐与拉昂错

上路一会儿，我们又有新发现：二三十头藏野驴在公路与鬼湖之间半荒的草地上溜达，最近的距离不到50米。藏野驴竖起两只尖尖的长耳朵，注视着我们，面部和背部为红棕色，嘴唇、腹部和四肢为白色，干净的皮毛油光发亮，奔走起来，长长的尾巴在风中飘扬，矫健而神气，一改平时我们对驴子"蠢""犟""秃"的印象。双方对视了四五分钟，藏野驴才不慌不忙地离开。到普兰县城后半段的几十公里路上，或远或近我们又幸运地看到十几次藏野驴，少则三四头，多则一二十头，可见普兰的生态保护工作卓有成效。

矫健的藏野驴

　　普兰县城规模不大，街道正在翻修拓宽，开车在县城转了几条街，没有找到与象雄历史相关联的遗迹。打听到有几座寺院，还有一处展览馆。一路走来拜访了不少名寺，展览馆的资料网上或图书馆也能查看到，遂决定放弃寻找古迹，去普兰"国际市场"看看，淘点感兴趣的东西留作纪念。距县城西南几十公里就是印度、尼泊尔，这个"国际市场"也就成为三国边境贸易活动的集散地。临近中午，市场内交易的人不多，卖的商品主要是服装、珠宝首饰、藏民生活用品，价格不菲，我们空手折回。午饭后，我们决定改变在县城休整一天的计划，直接去离此地大约300公里的札达县，那里有土林和迷宫般的古格王朝遗址，肯定不会让我们失望。

　　返回的路上，再次被鬼湖的美吸引，于是穿过八九十米宽的河滩沙石地，与湖水亲密拥抱。捧一口湖水品尝，清凉中带有些许咸涩，下肚后口余清凉。传说此水有毒，人畜饮用会致病死亡。上天赐给人类这么美的礼物，却被冠以"鬼湖"之称，不知是何人所为，这么仇恨如此美丽的湖泊。更可悲的是"鬼湖"误传之广、之深，以至于许多人不知道她的真实芳名——拉昂错。

纳木那尼与拉昂错

圣湖玛旁雍错离公路最近处也有上百米，大部分路段因公路低于湖岸山坡，在公路上很难看到湖面，只有开车进去或徒步到湖边，才能一睹圣湖尊容。花了十几分钟，徒步翻过土坡，下探到湖边。湖面非常大，烟波浩渺。南岸一带直抵纳木那尼山脚，正对面影影绰绰可见起伏的山峦，北部几乎望不到边，天水一色。湖水泛着碧玉般的蓝光，我尝了口湖水，清甜爽口，据说此水是国内淡水湖中透明度最高的。两个藏族青年拎了大小十几个塑料空瓶来到湖边，男子一只脚踩在湖中露出水面的石头上，弯腰取水，女子站在男子身后拉着他的衣服，防止其落水。"这水可以消灾治病呢。"姑娘见我看他们取水，用流利的汉语说。进入阿里后除上学的孩子外，成年人能说汉语的真不多。他们要去普兰，每天经过此地，都不忘带上圣水回家。

交谈中，十几位信教徒分前后两拨，沿湖边小路走来，我边举相机，边向他们打招呼："扎西德勒。""扎西德勒。"他们没有停下脚步，友好地回应着问候，背着沉重的包袱继续转湖。圣湖周长83公里，遇到岸线有湿地、山崖则要绕行，实际转湖的徒步路程不少于100公里，一般要花费三四天时间。转湖的路虽没有转山的路险峻，但也是十分艰辛的，天天望着湖水，再美也会审美疲劳，沿途的乏味可想而知。或许是我这个俗人杞人忧天了吧，信教徒不远千里到此，转湖路上内心一定充满了光明和快乐。

转圣湖信教徒

消失的古格王朝

　　一路之隔的两个湖，都很漂亮迷人，如果非要比较出高下，我更倾向于拉昂错，回程的路上我提出了我的看法，妻子也表示认同。重新回到219国道上，经过门土、巴尔兵站左拐，又再次离开219国道，向西南方向的札达县驶去。这一带是野生动物的天堂，途中一会儿见到少则三五头，多则一二十头藏羚羊觅食、奔跑，一会儿看到禽鸟在湿地中飞翔、休息。

藏羚羊

　　两头藏野驴在公路右侧蹒跚不前，我们把车停在距离它们100多米的地方观察，一两分钟后，大一些的藏野驴鼓足勇气，飞一般地穿过公路，回头嘶叫着张望小一些的藏野驴，似乎在说"孩子，勇敢些，快点过来吧"。足足又静等了三四分钟，小藏野驴终于勇敢地冲过公路，与大藏野驴会合。

　　傍晚时，途经被称为土林地貌的路段，这是远古造山运动的遗迹。千万年前，这片广袤干旱半沙化地区还是一片汪洋，喜马拉雅山造山运动使湖盆抬升，湖水退却，湖底沉积的地层长期受到流水切割，并逐渐风化剥蚀，形成了今天的地貌。高达几十米、上百米的土林，陡峭挺拔，雄伟多姿。有的像连排碉堡，有的像逶迤起伏的长城，还有的像错落有致的宫殿，仪态万千，这是大自然用土、沙、水和风雕塑的杰作。置身于此，宛若处在远古洪荒年代，听不到声音，看不见鸟兽，更无人影，偶尔驶过的汽车，才把梦幻拉回到现实。

　　早晨，顾不得吃饭，从县城急急忙忙赶往二三十公里外的古格王朝遗址。古格王朝的前身可以上溯到象雄国，王朝的建立大概从9世纪开始。吐蕃王朝末代赞普朗达玛时期，发生了一次大规模的灭佛事件，破坏庙宇，捣毁佛像，烧毁佛经，强迫僧人还俗，进而引发社会动荡。公元842年，朗达玛被一名僧人刺杀，之后先后出现了大小七个王国，吐蕃王朝崩溃，西藏长期处于藩王割据局面。灭佛事件也将藏传佛教划分为"前弘"和"后弘"两个时期。朗达玛死后，他的两位王子及其王孙混战了半个世纪。朗达玛的儿子奥松之孙吉德尼玛衮见大势已去，无力回天，率领家臣亲信来到阿里，通过与当地头人联姻，在阿里站稳脚跟。吉德尼玛衮临终前将遗产分封给了三个儿子，他们分别建立了普兰王朝、古格王朝和拉达克王朝，古格王国即第三子德祖衮的封地。在世袭了 16 个国王，绵延 600 多年后，17 世纪，古格王朝发生内乱，国王的弟弟请来拉达克（吉德尼玛衮的长子贝吉衮的后裔）军队，推翻了古格王朝，古格被并入拉达克。

古格王朝遗址

曾经辉煌一时的古格王朝消失在历史长河中，为后人所遗忘。直到 1912 年英国人麦克活斯·扬来此考察，才初步向世人揭开了王朝面纱，各种推测使王朝更加蒙上了神秘的色彩。但真正的科学考察始于 1985 年，西藏自治区文管会组织考察队对古格王朝遗址进行了全面探索。

我们赶到古格王朝遗址，太阳还没有升起，适合拍摄的地点"长枪短炮"聚集了 20 多位旅行、摄影爱好者，大家共同期待着日出的那一刻，能够目睹今天的第一缕阳光照在曾经辉煌一时，又谜一般消失，仅仅留下残垣断壁的遗址上，那种穿越时空，触摸历史的感觉令人期待。身后十余辆挂着辽宁、北京、山东、云南、新疆和西藏车牌的汽车表明，这几年，越来越多的人自驾来阿里，来这里寻找自己的梦想，见识与家乡不一样的风土人情，见识世界屋脊上的神山圣水，见识青藏高原独有的野生动物。大家边交流一路的收获，边期待着早晨升起的太阳。

拍完照，沿着设计巧妙、连接着各室的明梯暗道，逐层登上百余米高的山顶。虽然大部分宫殿、庙宇、碉堡、洞穴已损毁坍塌，但通过残垣断壁上遗留下的精美壁画、庞大的防御和生活系统遗存不难看出，集王宫、堡垒、宗庙、生活于一体，布局严谨，自上而下等级分明的建筑，当年是多么雄伟、奢华。要进去参观，门票130元每人，有些偏贵，难怪一半的人拍完照片就驾车离去了。

奔走在世界屋脊

札达至阿里首府狮泉河镇的公路正在封闭施工，原路返回巴嘎兵站，上219国道西行至狮泉河镇，晚上8点到达日土。这一路人烟逐渐稀少，而野生动物逐渐增多。每当困顿疲劳时，总有藏羚羊或藏野驴出现，让人马上精神大振。在一片湿地中，我们再次与黑颈鹤邂逅。虽然很想近一些拍下它们优美的身姿，但又担心惊吓到这些可爱的精灵，远远地饱饱眼福，也是非常知足的。

阿里这片神秘的土地，被称为西藏的西藏、世界屋脊的屋脊。从狮泉河镇出来，到进入新疆这段路，平均海拔超过4600米，一半以上为无人区，海拔5000米以上的路段有130多公里。在狮泉河镇，见油表指示油量不足油箱一半，我毫不犹豫地进加油站加满油箱。自从10月17日进入阿里以来，加油站之间的距离，短的有八九十公里，长的有一二百公里，行车中我一直关注着油表，一旦不足半箱，看到加油站，即使排再长的队，也耐心地等待，这已经成为我必须遵守的准则。

出狮泉河镇不远，通过检查站。从拉萨向西行走，地广人稀，交通标线、红绿灯、监控摄像头等交通设施，在县城以外的公路上基本看不到。唯一能制约司机遵守交通规则的，就是每过一个检查站，必须领取一张路条，上面登记有车牌号、起始时间，到达下一检查站的名称、时间。两个检查站之间，车辆走、停、快、慢，司机自己决定，只要没有提前到下一个检查站就可以，非常方便。路上常常会看到有趣的现象：检查站前百米来远的地方，有汽车停在路边，司机在车里或睡觉休息，或抽烟聊天，为何？路上开快了，要在检查站前熬时间。安检人员看到也不闻不问，只要不影响交通，不提前到达检查站就放行。领到路条，记好到达下一站的时间，无险无景时一阵狂奔，有险时慎行，有景时停车观赏或休息，很是自由自在。

限速检查站

出日土县城约12公里，就是著名的湖泊班公错，与公路伴行七八公里，东西走向，长约110公里。神奇的是，东部水域为淡水湖，碧波荡漾，鱼鸟群集，水草丰美；西部水域为咸水湖，寸草不生，鱼鸟绝迹。班公错及其周边地区是连接新疆和西藏两地的唯一通道新藏公路219国道的必经之地，也是规划中的新藏铁路的必经之地。

阿里风光（三）

车子再次上升，爬坡至海拔5191米的拉梅拉达坂。达坂，同山口、垭口表述的是一个意思，指盘山道路翻越一座大山的最高处。川藏线、滇藏线上习惯将山口称为垭口，新藏线西段的阿里至新疆段习惯将山口称为达坂。拉梅拉达坂是从阿里首府狮泉河镇至新疆叶城约1100公里途中，翻越的第一座海拔5000米以上的达坂。这一带地形起伏不大，道路升降也不明显，坐在车中甚至感觉不到在爬坡，通常挂四挡就能快速地上到达板，看到达坂上标的某达坂海拔多少时，才知道刚才又爬了一个大坡。下坡的路很长，轻点油门能滑行很长一段路。

奔驰在新藏线上

前方出现了山体颜色与周边明显不同的高山，这是红土达坂，海拔5378米，是新藏线上海拔最高的山口。达坂上的风很大，不用劲难以站稳脚跟。这儿是阿里的腹地，荒凉、干燥、寒风、低温，紫外线强，是生命的禁区。从红土达板下来十几公里后，路边出现了牛羊群和藏寨，村口"松西村"的招牌提醒过往车辆，不要错过了这个重要补给点。从新疆方向过来，在三十里营房过后的200多公里路上，这是遇到的第一个村庄，又称为藏家第一村。

过松西村不久，汽车再次爬坡，翻越海拔5248米的松西达坂。在一望无垠的青藏高原苍凉的大地上，碧玉般的湖泊随着车轮的转动，在视野中越来越大，越来越美丽，犹如一块硕大的蓝宝石，散发着迷人的光彩，这就是近年来逐渐走入人们视线的龙木错。现已探明，西藏阿里地区龙木错盐湖资源，锂含量全国第一。随着电动汽车的兴起，人们对锂电池的需求呈爆发式增长。看到有卡车和工程机械在龙木错湖边忙碌，我心里不知是喜是悲。

龙木错风光

离湖边不远处，再次看到藏羚羊的身影，它们自在地觅食、奔跑、玩耍，高寒荒漠的土地是它们的乐园，数百万年来藏羚羊在此生儿育女，与青藏高原和谐相处，衷心希望人类永远不要打扰它们。路边十来只体型较大、长有一道道横棱的黑色大角犹如一对钢鞭竖在头顶上的老公藏羚羊，似乎见多识广，面对我们停车拍照，在距离40米左右的地方，依旧安详地或立或卧，晒着太阳。"你看这群老公羊，也学会抱团养老了。"我诙谐地对妻子说。

龙木错附近的一群公藏羚羊

界山达坂海拔5248米，很长一段时间山口竖立的标牌为海拔6700米，吓倒了无数过往司机，而更多的人则被阻拦在新藏线外，不敢贸然闯入这片生命禁区。想起网上流行的赞扬司机经历丰富、胆大体健的一句经典名言：界山达坂撒过尿，死人沟里睡过觉，于是，下车有尿无尿也撒了一下，反正方圆几十公里没有一个人。越过界山达坂，就进入了新疆地界。从10月4日到22日，前后在西藏游历了19天，行程5430公里，完成了从东向西穿越西藏的征程。

闯入无人区

泉水湖安检站为进入新疆通过的第一个检查站，它在当地有一个十分恐怖的名字——"死人沟"，海拔5118米。这是整个新藏线219国道上海拔最高、气候最恶劣、生活条件最艰苦的武警边防安检站，含氧量只有平原地区的50%。

泉水湖

解放军当年修筑这条公路时，曾经在此因高寒缺氧牺牲多人。看到安检站的武警嘴唇发紫，面部泛红，这是高寒缺氧带来的生理反应，如果长时间得不到改善，将对身体产生伤害，我不由地心生敬意。他们是共和国的卫士，在用宝贵的青春守卫着边疆，他们是最可爱的人，应该受到全社会的尊敬。

翻过海拔5170米的奇台达坂，过红柳滩安检站，晚上7点40分到达今天行程的终点三十里营房，这里海拔3700多米。我们先去加油，每升8.47元，这是出行以来最高的油价，可再贵都得加。明天到叶城有400公里的路程，途中没有正规的加油站，路边偶尔碰到的私人加油站，不仅油价更高，质量也没有保障。住宿的宾馆条件不错，有淋浴房洗澡，有暖气，烧的大盘鸡有色有味，在这方圆几百公里的无人区里，有这么个食宿点我们非常知足，油价、食宿价高点也能理解。

晚饭时，邻桌一男一女两个年轻人面色苍白，一言不发，低头细嚼慢咽地吃着，是一路艰辛累得连说话的力气也耗尽了，还是出现了高原反应，没有食欲？从色彩鲜艳的紧身摩托车骑行服上不难辨认出，俩人是骑摩托车到此的。从丽江开始进入滇藏线，到芒康转入川藏线至拉萨，一路上除自驾的汽车外，不时可以见到成群结队骑自行车的爱好者、骑摩托车飞驰的身影，偶尔还能碰到徒步进藏的勇士、磕着等身长头的信教徒，甚至还看到过拉着装满行李板车的一家三口，他们的目标只有一个：圣城拉萨，通过自己喜爱或者说愿意的方式，实现自己心中的梦想，安抚被世俗扰乱而不能平静的心。自从在拉孜上了新藏线，由于条件更加艰苦，环境更加恶劣，极少能再见到这样感人而又生动的亮丽风景。

通往拉萨的高速公路

今天来时路上只看到一辆载着行李的摩托车，与我们同向行驶，并没有见到其他骑摩托车的人。这两人应该是从新疆那边上来往拉萨方向行驶的，其勇敢精神令人称赞。新藏线上从叶城往西藏的拉孜方向走，难度要大于从拉孜往叶城方向走。叶城平均海拔只有1765米，出发后当天就要翻越海拔4000多米的达坂，第二天要在平均海拔4600米的高寒缺氧环境中跑一整天，中间还要翻过几座海拔5000米以上的达坂，对身体是极大的考验。回答了他俩关心的路况问题，我又提醒他们一定要防寒，今天来时路上温度在零下1摄氏度到零下7摄氏度之间徘徊，几个达坂上的风非常大。

穿越公路的骆驼

　　清晨，室外温度零下6摄氏度，昨天晚饭时，刮起了漫天风沙，车身上全是沙子。今天要跑的路，是新藏线上最危险、路况最差的一段。出发后，汽车在5公里的沙土路上剧烈颠簸，上了破烂不堪的柏油路后，汽车进入喀喇昆仑山崎岖的盘山道，连续翻越几个达坂，至柯克阿特（别名黑卡子）达坂后又直下谷底。接着，从海拔3980米的麻扎兵站，一路急升到海拔4969米的塞力亚克（别名麻扎）达坂，上下落差近千米，急弯、陡坡、烂路，令人紧张而耗费体力。行车至此，已顾不得恐惧，只能向前，再向前，没有退路。登上麻扎达坂，雪花飞扬，山舞银蛇，南疆万里河山尽收眼底。传说站在这个达坂上，可以看到喀喇昆仑山脉的主峰——海拔8611米的世界第二高峰乔戈里峰，可是飞雪障目，不见乔戈里峰倩影。

昆仑山山谷的公路

　　下麻扎达坂后，汽车在盘山道上千回百转地艰难行进，前方是全程最危险的库地达坂。达坂不算高，海拔3150米，有很长一段为沙石路，陡峭的临崖路段没有任何防护，道路狭窄，遇到会车，有条件的一方要提前停车让行。上个月8号晚上，这个达坂海拔3060米地段发生了严重的山体滑坡，塌方量达1.5万立方米，经连夜抢修，8小时后才勉强单边通行，一周后才清理完塌方土石，恢复正常交通。闯过这个达坂，汽车犹如"轻舟已过万重山"般畅快，在风景如画的喀喇昆仑山峡谷，有惊无险地穿行100公里，直达入疆第一县叶城。

英吉沙印象

　　叶城，西汉时期为西域36国中的西夜国。2000多年前，汉武帝派遣张骞从长安出发，出使西域，历时15年没能到达的地方，我从金陵扬子江畔出发，用时23天就赶到了这里。如能穿越时空告诉张骞，他一定认为这是天方夜谭吧。科技发展的速度太快，再过2000年，随着航天科技和人工智能的迅猛发展，人类还会困囿于狭隘的地球村吗？

　　驱车在叶城平坦的大街上闲逛，参观有着"昆仑第一城"之称的叶城市容风情。"呜、呜、呜"，随着警笛声，治安巡逻车队不时地从身边驶过。2014年6月21日晨，一伙暴徒驾驶车辆冲撞喀什地区叶城县公安局办公大楼，并引爆爆炸装置。民警果断处置，击毙13名暴徒。几年过去了，这里的反恐维稳工作依旧是当地政府工作的重中之重。进加油站加油，每升6.18元，比昨天低了2.29元。新疆真是好地方啊，刚才买水果就体验到了物美价廉。

　　下一个目的地，是祖国最西边的县城塔什库尔干塔吉克自治县。出发前从叶城到塔什库尔干塔吉克自治县，我做了两个行车方案，其一，向西走县道，路况复杂，治安状况不明，距离较近，可以零距离了解南疆的风土人情；其二，向北走高速和国道绕行，距离比方案一远200多公里，但路况好，安全有保障。看到叶城城区如此，乡村治安情况难以预料，我决定绕行远路。

高速上车流量不大，畅快地跑了一个多小时，遇到交通巡逻警车在双车道中线上骑线行驶，时速不足60公里，后面跟着两条汽车长龙，汽车稍有从其左或右超车之意，即遭到警车上高音喇叭点名车牌号警告。这种独特的交通管制巡逻方式，不知是否与维护社会稳定、减少交通事故有关。8点半才到达英吉沙县城，好在这里天黑得晚，与内地有近3个小时时差，县城的警戒等级也很高。大街上行车不多远就会遇到安检站，除公交车、军警车可以从旁边通道行驶外，其他所有车辆都得停车接受检查。治安巡逻车队在街上穿梭执勤。当地老百姓习以为常，街上依然车水马龙，人头攒动，放学的孩子们听到巡逻车呼啸着从身边驶过，没有一丝惊奇神色。

我们选在离县政府不远的闽渝宾馆住下，宾馆旁边是一家当地人开的烧烤店。正值晚饭高峰期，店内十几张桌子座无虚席，食客都是少数民族人，其实在大街上也很少能见到汉族人。店里生意兴隆，老板一家五口齐上阵，忙得不可开交。等了片刻，找到座位，我们用手势比画着点了羊肉串、羊杂汤和馕，一共68元，量足味美，价格不高，特别是羊肉串，吃得我们赞不绝口。

无缘红其拉甫

喀什是南疆重镇，我们在此保养车辆，采购生活物资，现代化的建筑与整洁的街道，除清真寺较多外，与平时所见地级市没有什么差别。车子一路飞驰到迎宾大道180号汽车4S店，店里从经理到前台服务人员以及维修技师，全是少数民族人。修车师傅木太力甫检查得很仔细，对工作一丝不苟的精神，让我很是赞赏。在拉萨保养车时，我就领教了一回汽车4S店的服务，感觉西北这边汽修厂的工作人员，比其他地方同行业的人热情、敬业、负责。也许是这里路况复杂，对汽车的安全性、可靠性要求高，这里汽修行业工作人员养成了严谨细致的工作作风吧。

出了喀什，沿314国道即中国通往巴基斯坦的中巴公路南行，汽车横穿帕米尔高原，直奔280多公里外的塔什库尔干塔吉克自治县。314国道是中国通往巴基斯坦及巴南部港口卡拉奇、中东地区里程最短的一条陆路通道，军事、经济等战略地位极为重要。公路宽阔平坦，行驶的车辆不多，行人稀少，大部分路段限速60公里每小时，交通监控摄像头密集。好在过了疏附县之后，雪山连绵，慕士塔格峰、公格尔峰、公格尔九别峰等著名雪山景色壮观；布伦口沙湖、卡拉库里湖碧波荡漾，水映蓝天；公路两侧草滩、湿地上成群的牛羊，绿荫环抱着的村庄，满目南疆风情，让人心旷神怡。一位赶集的大叔，头戴四棱小花帽，蓄着八角胡，赶着小毛驴车，悠然自得地在公路边踽踽独行，让我想起《阿凡提》电影中的喜剧人物。明天计划上红其拉甫，看中国最高的国门，所以必须赶在塔什库尔干塔吉克自治县边防大队下班前办理通行证，这一路美景只能在回程时慢慢驻足品味了。

帕米尔高原风光（一）

塔什库尔干塔吉克自治县以"牛"著称，人口4万多，面积2.5万平方公里，与巴基斯坦、阿富汗、塔吉克斯坦三国接壤，在中国再也找不到第二个一县连三国的县了。世界上14座8000米以上的山峰，有4座在其境内或边境上，还有冰川之父慕士塔格峰位于阿克陶县与塔什库尔干塔吉克自治县交界处。如果你觉得这个县还不足够"牛"，那还可以再加两"牛"：中国最高的国门红其拉甫在此县版图上；最后一缕夕阳照耀的中国县城，是塔什库尔干塔吉克自治县。县城大街上看到一个个高鼻子、大眼睛的人，你会有种错觉，以为自己走在欧洲某国的小镇上。

帕米尔高原风光（二）

进入塔什库尔干塔吉克自治县县城，直奔中巴友谊路9号，办理去红其拉甫的特别通行证，出发前在家乡办的边防通行证，只能上到海拔4800米的红其拉甫边检站。想要到边检站上面2.6公里海拔5100米的中巴7号界碑，饱览两国秀丽的连绵雪山，一览"万山堆积雪，积雪压万山"的壮美景观，领略经典电影《冰山上的来客》中边防军人守边卫边的风采，还要在这里再办通行证。可办证窗口紧闭，玻璃上贴着没有时间、没有单位落款的公告，大意为：因网络故障，无法办理通行证，何时修好网络，不知道。面对如此公告，我心有不甘，在原地等了半小时。一位骑摩托车来的工作人员，欲开门进入办证室，我急忙上前询问，得到的回答还是网络故障，不予办证，并劝我别去了，出县城50多公里的检查站现在就不放行，那里到界碑还有70多公里。

遗憾，从叶城赶了两天路到此，却连界碑的影子都不能见到。心想事成只是美好的愿望，旅行中应学会包容，遗憾也是旅行的一部分，安全和开心才是最重要的，自我安慰一番，缓和由此带来的不悦。眼下要考虑的是，省下大半天时间，要找点什么事做。最能提起兴趣的，莫过于上慕士塔格冰川了。来时经过一个安检站，冰川公园就在斜对面，安检人员说闭园了，要到明年4月下旬再开放。我还特意到公园大门口看了告示，告示提醒游人不得私自进入公园，否则将处以2000元罚款。

勇攀慕士塔格冰川

次日，沿中巴公路原路返回的路上，我在心里琢磨着怎样才能进入冰川。慕士塔格峰海拔7546米，孕育了几十条冰川，中巴公路有很长一段路都是在慕士塔格峰山脚下绕行，两者最近处相距四五公里的样子。见前方道路右侧有条小路往慕士塔格峰方向延伸，我一下拐了进去。迎面正好驶来一辆摩托车，我赶紧下车问路。双方用塔吉克语、汉语加手势比画交流，我总算弄明白了意思：冰川离这里不远，这条路可以到冰川下面，外面的人不能随意进入，要进去需要到前面派出所开证明。谢过塔吉克族小伙子，按照他手指的方向，开车十多分钟，在公路上远远地看到涂着派出所特有的蓝颜色的楼房。向守门的警卫说明我要办理进入慕士塔格冰川的证明，门卫手里的电话那头传来"允许进入"后，我们被领到二楼一间挂着值班所长牌子的办公室。听完申请，验明身份，扛着上尉警衔的所长让我们在登记簿上填写个人信息。填写完内容，我瞄了一眼前面登记的信息，一周内除两天前有3人办理进山证明外，我们是第二批，看来知道有这条捷径可以进入冰川的人不多。上尉在电脑前核对完信息，提醒我们注意安全，身体不适要立即回撤，有需求可以打他们的值班电话。真乃喜从天降，"失之东隅，收之桑榆"，早晨还在为上不了红其拉甫口岸不悦，这会儿就意外地获准免费登慕士塔格冰川，谢谢人民的好所长。拿着证明调头驾车，向刚才遇到塔吉克族小伙子的小路奔去。

山鹰——塔吉克族的图腾

经过一段牧民用铁丝围起的草地，小路上的坑越走越多，坑也越来越大。进入新疆，解除了对车辆故障抛锚的担心和救援困难的顾忌，这里是有人区，手机有信号，开起车来任性多了。不顾汽车剧烈颠簸，又向前硬撑着开了一公里，看看左前方的雪峰，估计冰川离这里还有约3公里的样子，我们俩人各带上一瓶水和一包饼干，朝雪山方向走去。

经过一座有十来户人家、门窗紧闭的无人小村庄，家家户户房屋旁都用土坯圈起了一米多高的牲畜围栏，主人应该是举家去了夏季高山牧场，冬天来临时，他们才会重返家园，这是塔吉克人半游牧半定居的传统生活方式。穿过小村后，地势开始上升，顺着一条满是羊屎的小道，走了40多分钟，回望远处我们的汽车，差不多有2公里距离，再看看前面的雪山，距离好像并没有缩短多少，还是3公里的样子，"望山跑死马"，说得一点没错。

慕士塔格峰及冰川远眺

小刘的体力开始下降，我们俩人的距离逐渐拉开。停车的地方海拔4390米，这里海拔差不多有4600米，每前进一步都要付出很大的努力。地形坡度起伏增大，小路也消失在乱石堆中，越过一条深四五十米的沟，感觉应该快到了，可站在高处瞭望，前面又是一条更深的大沟拦在冰川前。连续翻过3道沟坎，经受了冰川前最后300多米陡峭乱石路的考验，慕士塔格冰川横空出世般展现在眼前。时间是12点36分，用时2小时51分。当初估计的3公里距离，实际应有十二三公里，到达的冰川海拔应该在5400米以上。

攀登慕士塔格冰川

脚下踩着的是完全颠覆了脑中印象的冰川，以往所见冰川呈波澜不兴的冻河状，从山沟间缓缓"流下"，而眼前的这条冰川犬牙交错，似一两米高的惊涛骇浪，从7000多米高的慕士塔格峰峰顶旁边的凹陷处，一泻千里，势不可挡。这是罕见的自然景观冰川塔林。我激动不已，朝着峰顶大声呼唤："慕士塔格峰，我来了。"白云在向我招手，雪峰在向我微笑，冰川触手可及，山下黑丝带般的公路、白丝带般的河流，把雪山、塔合曼草原、湿地、荒丘尽系眼帘。

下撤途中遇见小刘，她所站的位置估计海拔也有5000米，年近花甲的老太婆能用双脚爬到这个高度，也是非常不容易的。体力不支时，放慢前行速度或者及时回撤，是在高海拔地区登山明智的选择。

慕士塔格冰川(一)

慕士塔格冰川(二)

和田烤全羊

英吉沙那家餐馆的羊肉串，再次勾起我们的食欲，遂决定放弃去喀什，晚上还是回英吉沙住宿。导航显示，314国道在距离喀什约80公里处有一条319县道，可以抄近道至英吉沙县城。在岔路口向警察问路，确认那条路可以走。拐入县道不久，过塔什米克乡，后面的路非常难行，天慢慢黑了下来，路上遇到几处路被土坝封死，只能改道绕行。这一带为南疆偏僻的农村，老百姓不懂汉语，经济比较落后，从住房和衣着上看，人民生活还很贫困。驶进一座村庄，出村的道路连接一座小桥，桥头被铁门锁死。由于语言不通，耗费半个多小时打听，也没有弄清出路。摸索着找到派出所，总算遇到一位会说汉语的维吾尔族警官，可结果令人失望。村庄桥头这边大门的钥匙在他们所里，没有上级通知不能开锁，即使开了锁，车也过不去，因为桥的那头属于邻县管，门也锁死了。我问："怎么绕过去呢？""不知道。"警官头一摇关上了窗户。

无望之际我拦到当地的一辆小车，司机50多岁，也不懂多少汉语，听明白我们要去英吉沙，维吾尔族兄弟见我穿的不多，就打开车门示意我上车，当场画了一张路线图给我，随后开车领路到村头路口，挥手示意我们右拐，未等我下车答谢，前车已消失在黑夜中。多好的人啊，好人一定会有好报。

按照手上的路线图，我们摸索着在南疆偏僻的农村小路上夜行，晚上11点50分终于回到头天晚上住宿的闽渝宾馆，比计划晚了4个小时。羊肉串没有吃成，一路惊吓不小。去南疆旅行，不要轻易选择走县道、乡道，尤其是天黑以后。

新疆地域辽阔，从一个景点到另一个景点，开车一天不足为奇。下一个目标是穿越沙漠公路，接着在轮台欣赏即将谢幕的金色胡杨。马不停蹄地赶了两天路，每天行车10个小时以上。南疆总体路况较好，除修路限行外，大部分路段畅通，影响速度的主要因素就是路上设立的一座座安检站，通过安检站时间短的要六七分钟，长的要三四十分钟。我们去旅游的车，检查相对宽松些，但仍需要摇下全部车窗，打开发动机舱盖和后备厢盖，接受检查。

27号早晨从和田出发，计划穿越塔克拉玛干沙漠，加满了油箱，备足了食物和水。前一天晚上在南疆重镇和田见识了新疆正宗烤全羊的过程：在七八十厘米高的平台上，可以看到十几个坑式火炉口，宰杀干净的整羊，去掉头和脚，每3只一组，用铁钩吊挂在炉膛里，加炉灰封死炉口，约四五十分钟后，打开封口，一只只外表金黄的烤全羊出炉。现场切好装盘，呈现在食客面前。用手取一块，蘸上孜然粉和盐入口，外焦里嫩，肥而不腻，色、香、味俱佳。

烤全羊炉台

穿越塔克拉玛干沙漠

塔克拉玛干沙漠为世界十大沙漠之一，是中国最大、世界第二大的流动沙漠。东西长约1000公里，南北宽约400公里，昼夜温差高达40摄氏度，蒸发量约是降水量的30倍，风沙涌起时，伸手不见五指，又称死亡之海。在这不毛之地下面，蕴藏着丰富的石油资源。为缩短乌鲁木齐至和田的距离，开发沙漠腹地油气资源，加快塔里木盆地南缘居民致富，1993年3月至1995年9月，我国在死亡之海上修筑了第一条全长522公里的沙漠公路。能够在这条公路上驰骋，体验一把穿越死亡之海的冒险与快乐，一定倍感过瘾。

沿315国道一路向东，途经策勒、于田、民丰三个县城，过民丰县城20分钟后左拐，期待已久的沙漠穿越正式开始。汽车在一望无垠的沙海中穿梭，两侧的沙丘似劈开的巨浪，不待风驰电掣般抛到车后，前面的沙浪又扑面而来。不见人影，不见飞禽走兽，时速80公里、100公里、120公里、140公里……人在疯狂，车在撒野，下坡时的失重感，转弯时的漂移感，太刺激了，驾驶赛车的感觉也不过如此吧。

傍晚，厚厚的云层遮住了阳光，在一处沙山上，期盼夕阳能够穿出云彩，在广袤的沙山上留下绚丽的身影，可是天不遂人愿。

塔克拉玛干沙漠(一)

夜幕降临，我们在沙漠公路边46号抽水站旁过夜。四川大姐一人留守在这无人区的抽水站里，胆量可嘉。难得有机会与人交流，大姐特别健谈。她跟同乡到这里工作了5年，已习惯面朝黄沙背朝蓝天，一个人的孤寂生活，每天的工作就是看护抽水泵，给运水车加水，浇灌公路两侧的梭梭草、大红柳等人工种植的固沙植物。工作量不大，收入不错，每年11月上旬至第二年4月上旬，可以带薪回家休假，她很满足。大姐乐观的生活态度感染着我们，没有千千万万个像四川大姐这样朴实勤劳的劳动者，哪有日新月异的社会发展进步，我们也不可能有机会到沙漠里来旅行。

沙漠之夜充满了浪漫，繁星璀璨，银河横卧天穹，勾人魂魄。风很大，吹走了乌云，吹走了不见夕照沙丘的一丝伤感。珠穆朗玛峰大本营气温太低，没能拍到美丽的星轨，这次机会一定得抓住。凌晨2点多手机唤醒铃声响起，我急忙爬出车外，按照教科书给出的拍摄参数，调整三脚架，对准北极星方向，定时120分钟，终于在早晨收获了人生第一张以北极星为中心的星轨照片，虽然受夜间公路上偶尔驶过的汽车灯光影响，照片有点过曝，但还是很开心。

塔克拉玛干沙漠(二)

美哉胡杨林

告别四川大姐，继续在塔克拉玛干沙漠里畅行，目的地是轮台胡杨林公园。轮台地处天山南麓，塔里木盆地北缘，独特的自然环境，使县城南边沙漠公路70公里处，保存了世界上面积最大，有着"第三纪活化石"之称的40余万亩天然胡杨林。据统计，世界上的胡杨绝大部分生长在中国，中国90%以上的胡杨又生长在新疆塔里木河流域。轮台胡杨林是塔里木河流域中面积最大、生态保持最好的胡杨林，也是一座集塔里木河自然景观、胡杨景观、沙漠景观于一体的世界级天然公园。

进入公园大门，一株胸围约六米的胡杨王引来游人纷纷拍照留影。乘坐观光车沿设计好的路线走马观花式地观景，我感觉不过瘾，所以回程时选择徒步。胡杨生长缓慢，干旱、劲风塑造了胡杨苍劲奇特的树型。一株株三四米胸围的胡杨或昂首挺胸，直指蓝天；或倾而不倒，枝头顽强地迎向太阳；或卧于沙漠，犹如血染沙场的斗士，精神不死。胡杨素有"生而不死一千年，死而不倒一千年，倒而不朽一千年"的美誉。其不畏严寒，不惧酷暑，不怕干旱，任凭风起云涌、沧海桑田，依旧生生不息的精神和强大生命力，是我们人类学习的榜样。

胡杨林风光(一)

胡杨林风光(二)

　　落日最后一抹余晖从胡杨林中消失，游人散去，森林幽静而神秘。徜徉其中，仿佛能听到胡杨悄悄地诉说洪荒时代的故事，一种跨越时空触摸历史的感觉充满内心。当晚，我们留宿在公园停车场的车里，与古老的胡杨相伴一宿。

胡杨林风光(三)

　　至此，西行主要游览内容基本结束，行前预定的西藏、新疆部分参观计划，也是全程最重要的参访计划，在我与妻子坚韧不拔的努力下基本得以实现。特别是重点项目，如梅里雪山、南迦巴瓦峰、珠穆朗玛峰、冈仁波齐，都清晰地看到了全貌，零距离地观赏到了三大圣湖，完成了转神山冈仁波齐，登上了慕士塔格冰川。一次旅行下来能够完成如此丰富多彩的参观内容，行前我自己也没有预料到，除了苍天开恩眷顾外，个人坚持不懈的努力也是重要因素，印证了"有志者事竟成"这句老话。

接下来的任务是安全回家。前面行程走得有些仓促，人比较辛苦，那是为了追赶欣赏这美丽景色的时光，10月28日虽说有点晚，也还算是赶上了金色胡杨这场视觉盛宴的末班车。后面可以放慢脚步，悠闲地观赏沿途的风景。

胡杨林风光(四)

博斯腾湖水怪探秘

　　途经新疆重镇库尔勒，近年传出博斯腾湖闹水怪，虽明知是捕风捉影，但我还是决定前往一探究竟。接近湖区有一段烂路，多耗费了一小时时间，爬上新修建的环湖公路兼大坝，湖水风光尽收眼底。北边一带烟波浩渺，天水一色；南面沙山倚岸，水映绿洲；近旁，一人多高的芦苇田，曲径通幽。一阵清风从湖面吹来，顿觉心旷神怡。从公路堤坝下小路，直抵湖边渔家，对渔翁关于水怪问题的答复，我一点都不感到意外。"我家祖辈四代在此打鱼谋生，从没有见到过水怪，都是瞎传，骗外面的人到这里空喜欢一场。"渔翁如此说。我们就属于被骗来的外面人，却非但没有"空喜欢"的感觉，还觉得绕行100多公里至此，收获很大，很值得。

　　"你们从南京来的？"在一处湖畔观景，一辆本地轿车载着两名游客在我们身旁停下，司机下车问道。得到肯定回答后，司机热情地称我们是老乡。他父亲20世纪50年代从苏州老家来新疆生产建设兵团工作，在此安家已有了第三代，回过两次老家，因不习惯江南气候，就在此扎了根。是啊，一方水土养一方人，在一个地方生活久了，生活习惯了，就会产生感情，舍不得再离开。分手前老乡提醒我在新疆开车一定要控制好速度，这里查超速违章都是在暗处抓拍，他们本地司机都不知道摄像头隐藏在什么地方。老乡一席善意的话，听得我心里阵阵发慌，我本以为车少、人稀、路况好的时候，开快一点没有关系，过路口或有交通摄像头的时候控制好车速就可以了。

走访新疆生产建设兵团

告别老乡，从博斯腾湖返回库尔勒，沿218国道南行，距尉犁县城还有十来公里处，一条向东的简易路伸向荒原深处，这是进入罗布泊的两条道路之一。罗布泊曾经孕育了丝绸之路上的明珠楼兰古国，公元4世纪楼兰古国突然消失。罗布泊曾经被《山海经》记述为多水汇集之湖，却在20世纪70年代完全干涸。今天的罗布泊已经成为死亡之海、生命禁区的代名词，世事变迁之大，让人嘘唏不已。

1954年10月成立的新疆生产建设兵团，承担着在新疆屯垦、戍边的光荣使命，实行党、政、军、企合一体制。从叶城入疆以来，公路上不时可见兵团某师某团的指路牌。在218国道边，又见到农二师三十六团的牌子。顺着指路牌方向转弯进去，踏上了去农二师三十六团的道路，再次体验到新疆的幅员辽阔。通向农二师三十六团所在地若羌县米兰镇的公路，其中一段笔直的十几公里路段，没有拐弯，道路两侧采摘过的棉株一望无际。试想，赶在棉花成熟时节来此，白色棉海铺天盖地，那景象是何等醉人啊！

走进米兰镇，与西北普通城镇并无差异，如果不是看到挂有农二师三十六团牌子的办公楼，我都感觉不到是走在兵团的地盘上。在农贸市场看了下蔬菜、食品的价格，大部分都要比家乡便宜。著名的若羌红枣，色泽红润，核小肉厚，尝一口，香甜爽口，干枣的甜味更浓，9元一公斤。库尔勒香梨，3.5元一公斤。还有葡萄、苹果、哈密瓜、西瓜等，都比家乡的价格低。在南疆买水果、蔬菜、肉类，不是论两，也不是论斤，全都以公斤为单位，一买一大袋，回家慢慢吃，当地气候干燥，保质期长。

30日晚上6点40分，通过若羌县依吞布拉克安检站，15分钟后进入青海省地界，夜宿茫崖县花土沟镇。这一带荒芜、苍凉的地表下，同样也都是宝贵的油气田，公路两侧能观赏到的景色，就是一台台正在采油的"磕头机"。

花土沟在喜欢自驾游的"发烧友"中名气很大，是进入位于新疆，毗连青海、西藏的阿尔金山无人区的大本营。车友在此休整，补给食品、汽油等，等待合适天气进山。

晚上，儿子打来电话，了解我们的旅行近况。小孙女说："爷爷，你什么时候回来呀？我想你了。"清脆甜蜜的声音，让我想家，想念远方的亲人。眼前浮现漂亮可爱的四岁孙女童童的倩影，她自小跟着我们一起生活，从学爬学走，到学说学唱，一天天地快乐成长，从没有离开我们身边这么长时间。是该回家享受亲情，享受安稳平静的生活了。

聚宝盆柴达木盆地

　　绕行至格尔木，看看位于柴达木盆地南部的祖国的大盐仓察尔汗盐湖。从格尔木向北行的215国道在修路，道路不通，遂改走G3011柳格高速。出格尔木向北约60公里，就驶上了举世闻名的万丈盐桥。"桥"实际上是用盐在察尔汗盐湖上铺成的一条宽阔大道，当然既无桥墩，也无栏杆，全长为32公里，折合市制单位约为万丈，故名之"万丈盐桥"。由于水分不断地蒸发，察尔汗盐湖表面形成了一层坚硬的盐盖，青藏公路和青藏铁路通过盐湖时都直接修建在盐盖上，盐就是路，路就是盐。行驶在世界上独一无二的盐面公路上，浩瀚的湖面犹如一个巨大的天镜，蓝天、白云、远山、道路和沙滩尽纳镜中。有趣的是，盐桥的养护方法十分特别，路面出现坑洞，只需就地用盐粒和盐卤水往损坏的路面上一浇，盐粒便很快融化凝结在路面上，路就平整如初了。车过察尔汗火车站，湖盐堆积如山，一列满载湖盐的火车整装待发。据说察尔汗盐湖面积是百公里外著名的茶卡盐湖面积的56倍，潜在价值超12万亿元，盐总储量500亿吨以上，可供60亿人口食用1000年。目前，察尔汗盐湖承担了我国80%的工业用盐，柴达木盆地不愧是我们国家的"聚宝盆"。

　　11月1日早晨，在茶卡盐湖服务区下高速，2015年我来过这里，以蓝天碧水为冷色调童话般的景色至今记忆犹新。在景区入口，远远地看见游客与工作人员交涉着，大门上贴着公告：景区封闭改造，时间为2017年11月1日至2018年3月31日。今天正好是封闭景区的第一天，我们这些游客不幸成为首批吃闭门羹的人。望着一家四口与工作人员争论不休，我们无奈地离去，为他们、为今后一段时期来此的游客鸣不平，短则几百公里，长则几千公里，到此才知道空跑一趟，一路辛苦不说，时间也白白地浪费了，遇到这种意想不到的事情，修养再好的人恐怕也难以淡定。景区管理部门应该辟出简易通道，满足游人到此看一眼盐湖的心愿，毕竟盐湖是天然的，无需改造，改造的只是道路等旅游服务设施。

茶卡盐湖到青海湖边的小镇黑马河，全程约90公里，走京藏高速，在大水桥互通下，转109国道，翻过海拔3817米的橡皮山，碧玉般的青海湖进入视线，到黑马河镇全程只需75分钟。两年前这段路没有通高速，翻越橡皮山时被缓慢爬坡的大车堵在车队里，道路很窄，如果借道超车极易造成堵车，那次全程走了两个半小时。今非昔比，心情自然跟道路一样舒畅。

环行青海湖

　　从海晏县西海镇出发，沿315国道经环湖东路，转109国道西行到黑马河镇，是环青海湖的东南路段，我两年前走过。这次的行驶路线为：从黑马河镇出发，沿环湖西路，也是环青海湖最美丽的一段公路北行，经石乃亥镇，过流入青海湖最大的河流布哈河，上315国道，一路向东至西海镇。两次行走路线合并，正好环青海湖一周，全程360公里。

青海湖风光（一）

青海湖风光(二)

　　青海湖的最佳旅游季节为每年的七八月份,湖畔大片大片金色的油菜花、五彩缤纷的经幡和野花、绿茵茵的高山草地,还有成群的牛羊,将青海湖装扮得宛若人间仙境,我上次来,就是赶在这个时节。现在是11月初,过了旅游旺季,不过,少了人喧、车堵,多了宁静、悠闲,此时的青海湖景色依旧丰姿不减。在湖边百余米远的牧民家庭旅馆安顿下来,旺季380元一天的豪华标间,120元拿下,心情大好。我俩是这栋有着十几间客房的藏家旅馆仅有的客人。老板边办理登记,边自豪地从身后酒柜中取出证书给我看:奖给优秀共产党员扎西平措,中共共和县委员会。听到我的赞扬,扎西平措愈加兴奋,"从湖边到宾馆后面山坡的土地都是我家的,我们还养了很多牛羊。"谈到与过去生活的对比,扎西平措说:"小时候家里很穷,只上了两年小学,就当劳动力回家放羊了。现在一年能净赚六七十万元,房、车都有了,要把两个在县中上学的女儿供读完大学，做有文化的人，希望子孙满堂。"扎西平措一家的想法，应该是湖区藏族人民勤劳致富、追求美好生活的愿望缩影。说话间，扎西平措接到一个电话，便匆忙开车离去，直到次日中午我们离开，也没有再见到他的人影。他是生意场上的忙人，也没把我们当客人，一切自便，这正合我意。

我们从车里搬出煤气罐、高压锅等炊具，借用扎西平措家的厨房，煨起了在格尔木采购的牦牛肉，俨然成了这户藏族人家临时的主人。妻子烧饭，我拿出相机来到湖边散心，享受风起浪涌，闲看云卷云舒，同牛羊优哉漫步，与禽鸟放飞梦想，送夕阳西归，迎红日东升，观璀璨星空，思百年人生。整整27个小时，我与青海湖共欢共喜，共醉共醒。

妻子打来电话，说可以吃饭了。牛肉炖粉丝、西红柿炒鸡蛋、干煸四季豆、凉拌黄瓜，这是旅行以来最丰盛的午餐。美味怎能缺少佳酿助兴，老夫聊发少年狂，举杯邀青海湖，一晃两年了，今天我们有缘万里再相会，为我们的友谊，干杯！

下午起风了，湖面掀起了浪花。七八只棕头鸥浮在不远处的水面上随波逐流，一副不以为然的样子，仿佛在说任凭你浪涌三尺，优哉我春梦无痕。一只赤麻鸭妈妈带着两只小宝贝，在湖畔一处水沟里嬉戏。为拍到它们一家三口亲密可爱的照片，我小心翼翼地接近它们，警觉的鸭妈妈还是发现了不速之客，"嘎"的一声尖叫，领着两个孩子飞向湖里。

不知何时，六七头牦牛来到湖边，与我相视良久，可能牦牛觉得我没有恶意，才低头用舌头汲取湖水。我欲靠近，小牦牛慌忙藏到大牦牛身后，伸出半个脑袋看着我，憨态可掬。吃饱喝足，牦牛群慢悠悠地去湖滩上，享受午后温暖的阳光。受刚才牦牛饮水的启发，我脱了鞋走进湖里，捧起清可见底的湖水，舔了舔，稍咸，咽下肚，有些涩口，遂回到岸边坐在石头上晾脚。一只贼眉贼眼的家伙，趴在不远的地洞口瞧着我，待我穿好鞋刚一站起来，那家伙就调头逃回洞里。走近洞口察看，小家伙又趴在五六米远的另一个洞口警惕地盯着我，好家伙，这只老鼠跟我玩起了捉迷藏。

临睡前，心里惦记着湖水，于是戴上头灯再次朝湖边走去。很远就听到湖水拍岸的哗哗声。波浪声、风声此起彼伏，在皎洁的月光下，演奏着大自然最粗犷美妙的交响曲。自然是永恒的，自然不需要人类，而人类离不开自然，人类如不能尊重自然，终将为自然所抛弃。只有倾听自然的呼声，与自然的一山一水、一草一木为友，人类才能持久地享受大自然的惠赠。

青海湖风光（三）

别了，青海湖！在遥远的地方，有我魂牵梦萦的蓝天、白云、雪山、碧湖、草原、牛羊，我还会再来。

告别扎西平措一家，沿环湖西路北上，这是环青海湖风光最为旖旎的路段。环湖360公里，真正在公路上能见到湖水的路段，不到总里程的四分之一，一多半集中在环湖西路上。且行且驻，观景歇脚，十分惬意。

再次回到315国道，过刚察县城不久，"原子城"的巨幅招牌横跨在路上。1958年，在青海湖东北美丽的金银滩草原上，来自祖国四面八方的科技大军，隐姓埋名，无声无息地苦干了约7年。1964年，一声惊雷在金银滩草原炸响，巨大的蘑菇云腾空而起，这一声巨响向全世界宣告：中国原子弹研制成功。作为核大国，中国从此在国际政治、军事舞台上占据了应有地位。几十年前的军事禁区，我们两年前去参观问路，当地还鲜有人能讲清准确路线，如今巨幅广告牌招呼五湖四海的游人来此参观，接受爱国主义教育，彰显了国家的开放与自信。

过原子城不远，手机收到了我已有心理准备的交通违章通知，超速，超速，还是超速，总共5起，全是发生在新疆和田至轮台地段。为了承担起违章的责任，给自己一个深刻教训，回家后我没有走花钱买分的"捷径"，自觉地参加了交管部门组织的交通违章学习班，应该说学习的收获很大。

醉氧后的迷茫

　　旅行经历写到此，思路突然卡顿，脑中一片迷茫。是习惯了高原的缺氧环境，重新返回低海拔含氧量正常的地区一时不能适应，而出现了疲倦、记忆力下降的醉氧症状吗？翻开旅行记录，跑了12760公里路，到家还有2800多公里，8天时间，路上干什么了？从电脑中调出封存了近一年的旅行照片：去宁夏须弥山拜佛，爬甘肃崆峒山问道，攀陕西少华山探险，登西安潼关古隘寻幽，入河南万亩苹果园摘果……都有照片一一为证。论历史，须弥山石窟初创于北魏孝文帝太和年间，为全国十大石窟之一；论名气，崆峒山为中华道教第一山，是中国五大武术流派之一崆峒派的发源地；论险峻，少华山与西岳华山遥遥相对，互为姊妹山，筑在悬崖绝壁上的玻璃栈道，令多少游人望而生畏；论人文，张养浩《山坡羊·潼关怀古》，通过对登潼关雄伟险要地形见闻的描写，揭示了封建社会一条颠扑不破的真理："兴，百姓苦；亡，百姓苦"，成为中国元曲中优秀的代表作品之一。这些景点，单独登门游览，个个都是精品，让人赞赏不已。但拿出来与青藏高原原生态的美相比，又略显分量不足，不仅是海拔高度上的差距，更是引发心灵震撼、物我共鸣程度上的差距。没有付出，何来收获？这些只是我回家途中"搂草打兔子"，顺路走马观花的景点，自然分量轻了三分。登上一座山和乘缆车上山看风景，迥然不同。风景还是那道风景，吃了苦，流了汗，收获的风景里就饱含情感，有了这份情感，就有了与风景的思想交流，眼里的风景才会铭记在心。我想起年轻时从军，在连队种西红柿，整地、载苗、浇水、施肥、锄草、搭架，看着幼苗成长、开花、结果，待到棚架硕果累累，摘一个品尝，那个滋味胜过百果。嘴里的西红柿已不是商品意义上的蔬菜，其中饱含了汗水，凝聚了希望，味道能不鲜，能不美吗？

少了思想交流的旅行见闻，不写也罢。搁笔前，将旅行中未能抒尽之情，未能表尽之意，用格律诗（近体诗）或古体诗形式补叙。

诗抒心语

西　行

铁马扬情三万里，
追踪霞客浪天陲。
踏平坎坷安服老？
敢教芳华再复回。

黑颈鹤之歌

鹤舞翩翩，独立高原。
喔喔清唳，求友同妍。

鹤步盈盈，独立水滨。
喔喔清唳，求伴偕行。

鹤翔飘飘，独立游遨。
喔喔清唳，求侣共霄。

鹤舞佻佻，独立幽宵。
喔喔清唳，求偶爱巢。

藏羚羊

寒乡旷漠走天涯，
世界屋脊亘古家。
凝聚乾坤精锐气，
诚祈万类共年华。

牦牛颂

游荡高原上，白云羡我癫。
风沙舒筋骨，雨雪洗虮髻。
渴饮冰泉水，饥食虫草餐。
身强仁幼弱，雪域我擎天。

藏野驴

棕白皮草作征衫，
地铺天房草芥餐。
坦笑"蠢""秃"心致远，
扬蹄潇洒走荒寒。

鲁朗晨歌

风吹林海曲，雾锁谷涵虚。
藏寨依山起，牦牛傍草栖。
流泉追骏马，静树度松鸡。
正赏南迦雪，悠然梵偈及。

鲁朗仙境

南迦银剑刺玄苍，
雅鲁柔情万古长。
放逸牦牛尘市远，
安神鲁朗胜仙乡。

加加面

一碗加一碗，美食四海传。
将军非大肚，百碗只及关。

礼佛路上

漫漫朝佛路，轻装跪拜行。
心中萦信仰，雨雪亦天晴。

朝圣城拉萨

寒风萧萧路难行，
水远山长证虔心。
圣殿佛前修正果，
积德现世最康宁。

赞珠穆朗玛峰

几番梦见以为真，
真见恍惚憩梦深。
头戴云纱出玉宇，
半遮俏面更惊魂。

转神山冈仁波齐

高寒低氧锁征程，

点亮心灯任险横。

回望来时云岫路，

无晴无雨亦无风。

拉昂错（鬼湖）

一水担二山，冷落圣湖边。

碧玉自凝脂，名污心尚兰。

登慕士塔格峰冰川

久仰冰山之父雄，

不辞万里觑尊荣。

天河夏日流不动，

疑步南极冰雪中。

翻越昆仑山

巍巍昆仑山，犹越鬼门关。

寒风沙漫舞，烈日笼荒烟。

缺氧人踪灭，冰封兽困渊。

老夫行到处，踏险履平川。

帕米尔高原行

汉月胡尘大漠烟，

抚今吊古忆张骞。

驼铃改奏观光曲，

丝路迢迢一日还。

穿越塔克拉玛干沙漠

一波翻过又迎丘，

沙海行车似弄舟。

镇定航向凭浪涌，

夕阳追我放怀游。

赞胡杨木

烈日熊熊炙树枝，

横斜曲立展英姿。

精神不朽三千岁，

大写沙洲壮美诗。

注：胡杨耐旱、耐热、耐寒、耐碱，有"生而千年不死，死而千年不倒，倒而千年不朽"之美誉。

览胜虎跳峡

波涛翻滚绕青山，

行到玉龙势盖天。

两岸危崖金沙落，

一石砥柱巨浪掀。

传说猛虎不怵险，

喻理苍生莫惧难。

振臂仰天一吼啸，

千军随我破雄关。

临香格里拉石卡雪山顶

石卡一登临，神驰玉宇清。

峰插晴日碧，冰挂劲松莹。

瑞雪铺天际，尘埃敛影形。

徜徉银世界，人性向光明。

崆峒山问道

苍山寂寂水长流，

香火缭缭未计秋。

多少人生不解事，

清风拂过只悠悠。

潼关怀古

锁钥三秦险，关河玉宇清。

忍怀国难恨，复兴必强兵。

神　游

酣游归来意未消，

梳理闲文又深宵。

笔下动情诗境远，

梦中神往再云遨。

后　记

西部环游归来，我一直想把旅行中的故事、所见风景及风景背后的心灵感受写出来，却苦于找不到写作激情，迟迟未能了却心愿。虽说曾在《解放军报》《中国空军》等报刊上发表过文章，但那些都是一事一叙或一论的几千字短篇，将一场横跨13个省、自治区，历时42天、长达3万里的旅行，比较完整地叙述出来，短篇显然无法言尽。

七月的一次朋友小聚，话题再次转到我的这场西行见闻上，乘着酒兴，奇闻趣事一股脑儿地涌上心头。酒酣人散归家，夜阑人静，躺在床上辗转反侧，平常睡眠尚好的我，在这个不平常的夜晚失眠了。起床安坐桌前，一轮明月斜挂窗外，如一盏明灯点亮了心田，多少个夜晚不就是在明月的见证下，奔波、觅景、漫步、风餐、露宿的吗？压抑了8个多月的记忆闸门洞开，提笔一气呵成地写出了《西部环游三万里》的框架。时逢学校放暑假，抱着虽非良田，肥力欠缺，也要深耕细作，虽非良种，缺乏丰产基因，也要精心培育的心态，让《西部环游三万里》这粒种子结出果实来。如农夫每日耕耘不辍，20天完成了初稿，也算是给这场自虐自乐的旅行初步画上了句号。

书稿转化为印刷的书籍公开发行，得到了许多朋友的相助，让我感动，让我感谢。首先感谢的是王一玫同学，为我联系了出版单位安徽师范大学出版社，为拙作的出版奠定了基础。感谢对书稿提出很好的修改意见的专家朋友，你们的帮助为本书增添了光彩。

特别要感谢的是妻子刘淑君，在旅行遭遇困难挫折时无怨无悔，在我疲惫休息时，承担了大量的后勤服务工作，使得整个旅行按照计划走完。感谢父母和亲人们，你们用无私的爱和奉献，培养了我热爱生活，热爱大自然的能力，你们是我进取的不竭动力。

最后，祝愿所有给我关心和帮助的人，健康快乐，一生平安。

著　者

于金陵玄武湖畔陋室

2018年10月18日